SOUFFRIR
被遮蔽的痛苦

[法] 尚塔尔·托马 Chantal Thomas 著

周小珊 译

华东师范大学出版社

华东师范大学出版社六点分社　策划

目　录

跌落的过程中有着奇妙的一瞬间：即飞起的那一刹那。唉！它几乎不可觉察，而灾难紧随其后，叫人来不及跟上自己的希望，来不及舒展身体，眼巴巴地被带走……

引　言

一个宗教典型的消失

　　从前，在欧洲，当一种宗教观统领四方，受苦（souf-
frir）被体会和解释为既是人类自身的命运，也是活在世上
的主要动机和履行命运的唯一方式，那时，某些用于指称
人世的表达方式，如"世间"（ici-bas）、"泪谷"，就显得
很清晰。"世间"一词深有含义。它关涉到"天上"（là-
haut）这个至乐的同义词——一个根据遭受的苦难程度、
流淌的眼泪多少、摆在上帝祭坛上的赎难祭品大小而获得
的天堂。如今，世间和天上迭合。痛苦（souffrance）将我
们压垮，我们不再将花束献给心爱的神灵。也不献给别的
什么人。谁也不会要。痛苦遭到冷眼，仿佛它意味着无法
去适应处处要求的某种光辉的幸福，意味着有罪的软弱，

失败的行为。用英语来说，就是"害怕成功"（fear of success）。最好不要把它说出来，习惯于掉过头去……那些遭遇过厄运的人将它看作是某种忌讳。会不会又在混乱中感染上恶？尽管没有证据表明它传染性强，为了安全起见，还是最好避开细菌携带者。本世纪初的乞丐们很清楚这一点，他们进退两难，既要表现自己一无所有，又不能流露出任何令人厌恶的迹象。手脚不能缺，不能有甲状腺肿，不能邋遢。他们必须跟施舍者一样整洁。他们与后者是同类，只是暂时不走运而已。他们讨钱，只是为了保持自身的卫生和行为端正，让人觉得，他们之所以求靠公众的善心，比如在地铁里，是因为缺乏合适的社会救助所。为了继续有酒喝而乞讨的无耻的流浪汉，在椅子间穿来穿去、触碰你膝弯的没腿的人，已经消失了。现代城市不再要这样的人。过于直观的贫苦遭到排斥。这种贫苦从时间和空间来说，都显得遥远，属于第三世界或我们的中世纪。然而，直到不久前，这种贫苦一直都出现在对苦痛（douleur）的展示中（路易·布努艾尔①的影片就是一个明证）。乞丐们毫无顾忌地把恶臭的伤口露出来。不管这些伤口有多深，有多烂，都无法跟死在十字架上的基督的伤口相比。然而，这些受苦的乞丐令人想到的正是被钉十字架的那个人。他们失去了华丽的旧衫。他们的苦难（misère）应该

---

① Luis Buñuel（1900—1983），墨西哥籍西班牙导演。——本书注释若无特别说明，均为译注。

是抽象的，耶稣基督所受的肉体痛苦也是一样。在一个博物馆，甚至一个教堂里，谁能从耶稣受难的无数仿制品上真正体察出肉体所受的酷刑？钉子的深扎、皮肉的撕裂、缓慢的死亡、难忍的口渴、酷热、苍蝇、粘稠的血？这样的场景本该令人难以承受。可事实上没有，因为我们看到的，不过是一个象征，以此为主题的无穷丰富的美学多样性。人们欣赏线条和颜色，删去可怕的、抽动的肌肉，和受临终折磨的躯体。帕特里克·汪德迈①在《受难之体，一部信仰史：耶稣受答》一书中提到"虔诚形象的血腥残暴"。人们尽量不去看这种残暴，仿佛那是污秽的标记——一切都如同死亡，威力不仅丝毫未减，事实完全相反。不过，哀悼死亡的外表征象、葬礼大大小小的排场则消失了。

　　我们的痛苦不再有仪式，也不再有典型。我痛苦着的时候，不会把自己看作上级法院，有可能缓减自己的状态，或热情而兴奋地去美化它，赞颂它。我一个人痛苦着，一塌糊涂也好，听天由命也好，无论怎样都行。我尽我所能去应付。我白费力气，找不着终结的影踪。将我压垮的这份重量完全是无用的。它改变了我，它摧毁了我，就是这样。我最好不要过多地将它展示出来。由于经常遭到"歧视"，受苦——肉体上也好，精神上也好——尽可能变得看不见。这种不可见性，不能像在斯多亚哲学里那样，与压倒无序激情的理智联合起来，而是与普遍的纷乱混淆在

---

　　①　Patrick Vandermeersch（1946—　　），荷兰哲学家、心理学家。

一起。

游戏规则

　　我的痛苦无人问津。而我自己也缺乏活力。我没有做好受苦的准备，甚至是第一个会迟疑不决的人。在让·雷诺阿①的电影《游戏规则》（1939 年）里，我听到罗伯特·德·拉·歇斯纳耶（马赛尔·达里奥②饰）对朋友奥克塔夫（让·雷诺阿饰）表白，这也是我的心声："啊！我痛苦哇，老兄，我害怕痛苦！"在此之前，德·拉·歇斯纳耶先生给自己安排的生活里，痛苦不是完全不存在，而是被驱逐在一边，处在感受不到的地方。要发现它，必须努力停下来，思考思考。而这与德·拉·歇斯纳耶先生热衷的活动，即引诱女人、增加上流社会生活乐趣和收藏家的乐趣，是背道而驰的。其实，他正是应该从这里下手，因为侯爵极度迷恋他那些 18 世纪自动木偶的收藏品。它们的优雅，它们合着舞蹈前奏的节拍运动的方式，它们润泽的小脸蛋，它们永不凋谢的微笑，都令他着迷。他想要的生活就是这样，带着 18 世纪小塑像那确凿的优雅，不走调不走样。既然侯爵不是死脑筋，他就爱玩上流社会的规则。他原则上遵守规则，

①　Jean Renoir（1894—1979），法国导演，印象派画家雷诺阿之子。
②　Marcel Dalio（1900—1983），法国演员。

但在实际操作中，又恰如其分地破格。这也是包含在规则里的……当这个幸福的男人、孝顺的儿子、优雅的主人、慷慨的朋友、谨慎的情人、彬彬有礼的丈夫发现他那位作为忠诚化身的妻子准备离开他时，一切都变糟了。于是他的戏剧舞台走上了一个他那些宝贝自动木偶没有帮助他认识的一个角色：苦痛。他用尽全力去恨它，但是它比他更厉害。它让他恐慌，让他变得暴躁、冲动、粗鲁。他哭着，斗争着，失去了控制。因为，在苦痛的领域里——至少在一定程度上——不能再游戏下去了。狂怒之下，侯爵非常激动，失去了头脑。他惊愕地发现，自己与绯闻中可怜的"主角"——那个要了妻子情夫的命的"远郊"工人——厄运相同。德·拉·歇斯纳耶先生认不出自己了。

不久以前，他想跟情妇分手时，也表现出同样的笨拙，但是却毫不慌张（他那时还掌握着局势）。他们属于同一个阶层，他们的良好教养建议他们避免大叫大嚷、暴跳如雷。年轻的女子热娜维耶芙·德·玛拉斯特（米拉·帕雷莉①饰）吐露了她的惊讶和不悦："罗伯特，随您信不信，我很在意您。我不知道这是爱情还是习惯的结果。但是如果您离开我，我将很难受，而我不想难受。"

"亲爱的朋友，原谅我！"他赶紧下了结论。

他结论下得太早。分手的程序被启动了。对礼貌的考

------

① Mila Parely（1917— ），法国女演员。

虑，不伤害任何人的梦想，都不能消除爱情结束的突然事实。热娜维耶芙首先要抗争。她不动声色，保持着他们对话惯有的幽默：

"我一个人痛苦会觉无聊……对了，我觉得，大家一起痛苦就不会那么无聊。"

她跟他一样，很快就发现，痛苦并不是多点无聊或少点无聊，而是跟无聊毫无关系（如契撒雷·帕维瑟①所说：这是痛苦少有的优点之一。至少，人在痛苦的时候，不会觉得无聊）。痛苦将你抛入可怕的旋涡。你窒息。你淹没。为了不沉下去，你见了什么都紧紧抓住。痛苦很少为形式操心。游戏规则，以及它带来的智慧和默契的快乐，都被一扫而空。

罗伯特·德·拉·歇斯纳耶因嫉妒而痛苦着。这种痛苦的本质使它更加显得剧烈。因为，众所周知，为嫉妒而痛苦尤其令人难以忍受。在罗兰·巴特看来，这是第四级的痛苦，他尽管感情崩溃，却丝毫没有丧失分类的敏锐。这种痛苦是武器，也是慰藉，当然不是在全面发作的时候，也不是在战火之中，而是在这之后，当一切都受到伤害、受到打击之后，再重新振作精神、思考所遭受的损失的时候。伤口依然还在，但是理智占了上风，甚至还想到了讽刺的风格："就嫉妒而言，我痛苦了四回：因为我嫉妒；因

---

① Cesare Pavese（1908—1950），意大利左派作家，1950年自杀。

为我怪自己嫉妒；因为我担心我的嫉妒伤害另一个人；因为我任凭自己落入俗套。我痛苦，是因为被排斥，因为自己咄咄逼人、疯狂、粗俗。"① 事实上，第一个原因，即被排斥的痛苦，就足以将人间变成地狱。此外，对于大多数类型的痛苦而言，只痛一次，基本上就已经到了难以忍受的极点了。忍受这种强加给生活热望和片刻狂喜的失败，是可憎的。建立的障碍被粉碎了，施展的诡计、妥协的尝试失败了。不得不屈服于必然，为这个贪婪的需要、这个折磨我们的酷刑而耗费精力、注意力。而这个配给量永远都不足够。库卡·马丁内斯，佐埃·巴尔德斯②的小说《美元之痛》中可怜的女主人公，怀了孕，被情人抛弃。她哀伤至极，为了痛上加痛，她第一天就决定去把所有的牙都拔掉。拔了牙，变丑了，她只想着她的痛苦。很多年后，她再见到造成她不幸生活的那个男人，当他问她"你把美元怎么处理了"时，她很自然地把美元（dollar）听成了苦痛（douleur）。腼腆的她不知道该说什么："他问起痛，所有这些年来的痛，我还没有回答。如果我向他描述我经历过的用黑色的线刺出来的灰暗，我可能会令他乏味，破坏了他的夜晚。毫无疑问，我的痛，我将它冰冻起来。我们可以这样将我们不希望见到的人冰冻起来。你把这个人放进冰盒里，关系立即就冷了下来。这是真的，我想冷却我

---

① 罗兰·巴特《全集》中《恋人絮语》，巴黎，瑟伊出版社，2002年，第185页——原注。

② Zoé Valdès（1959—　），西班牙籍古巴女作家，旅居法国——原注。

的爱情的时候，我把我的名字和瓦内的名字写在一张纸上，然后放进冰柜里。如果我当时没有这样做，我肯定已经死了……"①

我们没法预先确定用什么技术来对付灾难，也不能确定灾难会持续多久，就像我们不能确定在每天的活动中，固定地花几个小时去痛苦。我们不会在记事本里写道："星期一，从10点到12点：痛苦着。"这一特点使我们难以忍受痛苦的状态，以至于很难将它变成一个自愿的行为，也很难用与我们相似的、人们在意的动作将它表现出来。痛苦，正如它的本意所言，是消极的。这种激情将我们逼入绝境，剥夺了我们的一切。到了某种程度之后，都不用加上主语"我"来表述"我痛苦"了，更不用"我"去证实这是可憎的。我们被莫名其妙地抛出了游戏。

痛苦的最高等级表现为痛苦的加剧，而这种痛苦，我们最初以为只是暂时的，但它最终却落了根，将我们摧毁；或者，一切都在毁灭性的突发事件的冲击中发生——属于"长久地，甚至永远地完全夺走你生命"②的那种痛苦。普

---

　　① 佐埃·巴尔德斯，《美元之痛》，由利利安·哈森 Liliane Hasson 译自西班牙文，巴黎，Pocket 出版社，2001年，第210—211页——原注。
　　② 马塞尔·普鲁斯特，《追忆似水年华》第三卷，让—伊夫·塔迪耶主编，《索多姆和戈摩尔》，巴黎，伽利玛出版社，《七星文丛》，1988年，第165页——原注。

鲁斯特在这里所指的，是叙述者的母亲对自己亲生母亲的死亡的感受。在她心里，母亲的死在生前留在活着的人身边，和死后的与世隔绝之间制造了停顿。叙述者在他对阿尔贝蒂娜的爱情里，感觉到了失去一个人等同于失去上流社会的绝望，起因并非是死亡，而是少女的口是心非。在这两种情况下，无尽的、不人道的、无情的苦痛，将它的受害者推到了化为灰烬的未来面前。他远远地转过身去，心灰意冷，没有任何高兴的理由。日出，这个每天向所有初生的力量的问候，只不过是葬礼："即将升起的太阳的光辉，改变了我身边的事物，仿佛暂时让我靠近了她，由此更加严酷地令我意识到我的痛苦。我从来没见过如此美好，又如此痛苦的早晨。想着那些漠然的风景即将点亮，而在昨晚，它们还让我满心产生一睹为快的欲望，我便止不住哭泣起来……"①

　　既然必须在继续留在上流社会或被驱逐出去，在生存或死亡之间做出选择，叙述者愿意付出一切以得到阿尔贝蒂娜。正是为了拯救他的生命，他才对他母亲说："我必须娶阿尔贝蒂娜。"跟斯万下决心娶奥黛特如出一辙。

　　如果留在上流社会，不改变我们的习惯，那么极度的痛苦在我们和上流社会之间，在我们和生活的渴望之间插入的黑暗的屏幕，也许会更难以忍受。这致命的哀恸，等

---

① 马塞尔·普鲁斯特，《追忆似水年华》第三卷，《索多姆和戈摩尔》，第 512 页——原注。

同于揭发了上流社会的虚无。于是，从中脱离出来似乎是一个既可怕又极其重要的出路。这也是 17 世纪时，朗西先生在发现情人的尸体后所作的选择："自蒙巴松夫人去世的那天起，朗西坐上马车，到维雷兹隐居。他以为能在孤独中找到别处没有的慰藉，但是隐居只是加剧了他的痛苦：阴郁的悲伤代替了欢乐，黑夜叫他难以忍受。他在树林里、小河边、池塘边消磨时光，喊着她的名字，而她不能再回应（……）他惊讶地发现他的灵魂没有离开躯体。"① 住在他乡下的城堡里还不够，他需要更严格地隐居，需要能够考虑到他的灵魂与躯体分开这一事实的流放：这将是特拉伯隐修院。朗西修士进入隐修院，就像是进入了"真正的死亡状态"（写给阿莱特的主教的信）。暂时人为地模拟真正的死亡，拯救了他的灵魂。

是

面对无法弥补的损失，我们的决策空间是很狭窄的，可以避免损失的策略也就显得薄弱。用于反抗痛苦的"不"涉及我们尚能控制的那些痛苦，问题也是针对它们提出的：是否要千方百计拒绝痛苦，否认它，嘲笑它，将它埋藏在我们内心深处？还是要接受它，在我们的形象和希望中给

---

① 罗兰·巴特为《朗西传》（夏多布里昂）所作的序，巴黎，联合出版社，10/18，1980 年，第 63 页——原注。

它一席之地？无论如何，一个彻底的"不"是难以忍受的，因为拒绝痛苦不能阻止它随着一连串的念头、一张面孔、一个字，一个在街上、公园、车站的站台上瞥见的情景，出奇不意地再三冒出来。甚至，这个深刻、顽固，既本能又坚决的"不"，让痛苦的穿透力具有非凡的强度和特殊的摧毁力。随着时光流逝，当痛苦向我袭来，以不经意的回忆的方式——零零碎碎，片片断断，锋利如水晶——它们伤害了我，又让我看到了灰暗的风景和未曾开采的地层。拒绝回记显然是不够的。它们懂得如何偷袭你，让你在最快乐的晚会上内心却感到无比凄凉。面对如此猛烈而偷偷摸摸的攻击该怎么办呢？有数不尽的"如何死去"的书，却没有一本"如何受苦"的书。首先，我们已经提到，不用提出这个问题。受苦曾经是好的，没有必要去试图减轻或避开，相反要谦虚地、感激地接受全部的痛苦，以获得天堂的补偿（在如此巨大的压力之下，有些人觉得生存给他们带来的苦痛还不够，不断地苦上加苦）。其次，自从上帝死后，受苦失去了意义，它不再提出要求，它既不是现在，也不是将来提高价值的基础。而且，我担心，任何技术、任何方法都不会从本书中显露出来。这些片断不会有象征意义的发展。它们找不到可以寄生的某种延续性，来磨去它们的粗糙，将它们引入某种逻辑或某种令人安慰的幻觉。然而，它们被写成文字、有了具体形式——私人样品的形式，用主观的、始终不完整的定义来说，是他本人痛苦的言语集形式的事实，迫使我们去关注它们、承认它们，由此迫使我们区分我们起初试图用来对抗它们的盲目、笨拙、天真的"不"。是由于无知和害怕吗？还是出于自我保护的考虑？还是相信简单的、单一的、像度假照片一样平整的幸福？

选出来的例子主要来自文学作品。它们扎根于某个故事、某个风格里，独一无二，难以重复。透过它们的多样性，每一次，我听到的那个声音近在咫尺，还有与之相连的书籍传输的神奇、阅读的奇迹及其释放出来的力量。痛，没有将我拉向更高的空间，而是将自己写进了大量的作品里。在斯达尔夫人①看来，这些作品创造了"一个群体，使我们与那些已经不在了和依然还在的作家交流，与那些像我们一样欣赏我们所阅读的作品的人交流。在流亡的沙漠里，在监狱深处，在死亡前夜，一个敏感的作家的某一页书稿也许揭示了一个沮丧的灵魂：我读了这一页，我被它触动，我肯定还能在其中找到几滴泪痕。"②

关于被定义为自卫本能的偏好，弗里德里希·尼采写道："它命令要在'是'可能显得无所谓的地方说'不'，

───────────────

① 斯达尔夫人（Madame de Staël，1766—1817），原名安妮—露易丝—热尔曼娜·内克（Anne-Louise-Germaine Necker，1766—1817），父亲雅克·内克（Jacques Necker）原是日内瓦的一位银行家，后成为国王路易十六的财政大臣；母亲苏珊娜·居尔肖（Suzanne Curchod）是在法国的一位瑞士牧师的女儿。她为协助丈夫的事业在巴黎建立的文学和政治沙龙是当时名流的聚会场所，在法国甚至欧洲都非常有声望。

② 斯达尔夫人，《论文学》，巴黎，Flammarion 出版社，1991 年，第 84 页——原注。

却又要尽可能少说'不'。避开、远离所有那些需要我们不停地说'不'的东西。这样做的理由是，纯粹自卫的努力，哪怕是微不足道的，一旦变成规矩、习惯，就会导致完全不必要的、极度的贫乏。"① 痛苦也是如此：使尽全力去拒绝它，只允许自己受一点点苦，其实这样做，是投入注定失败的战争，还会因此在情绪上、想象上、肉欲上衰弱下去，从而不能作出重大发现。世界因我们过度的痛苦避开我们，而我们也会因含眚眼泪而错过世界。与生活的艺术不兼容的情境，应该用另外的方法，在有限的、仓促的、改造过的实践的帮助下，通过稍欠敏锐的知识去处理，就像生活这门职业教我们的那样，在恐慌和溃逃的背景下去创造情境。

　　在《游戏规则》里，罗伯特·德·拉·歇斯纳耶感叹道："啊！我痛苦哇，老兄，我害怕痛苦！"奥克塔夫哑口无言。没人知道他想些什么。但是我们完全可以溜进影片里，教他反驳："你痛苦，侯爵，但有的时候必须要过这一关。"拟或，他用陀思妥耶夫斯基醉心研究过的痛苦深处的一个问句来回答："哪个更值得，是廉价的幸福还是昂贵的痛苦？不，但是，哪个更值得？"

---

　　① 尼采，《瞧，这个人》，由让—克洛德·埃梅利 Jean-Claude Hémery 译自德文，巴黎，伽利玛出版社，2001年，第124页——原注。

抛　弃

在痛的国度里，
总有很多东西有待发现。

——斯达尔夫人
（致克洛德·奥歇的信）

　　苏珊娜·内克①为女儿拟定的完善的教育计划如此严
格，以致于孩子十二岁的时候病倒了。劳累过度，神经衰
弱，她需要休息。医生，著名的特隆香②，要她到乡下呆
一阵子，散散步，少读书。小女孩高兴地发现了大自然，
但是与母亲的分离令她难过。她给母亲写信道："我的心揪
得紧紧的，我很悲伤，在这座不久前还关着对我非常珍贵
的一切、局限着我的世界和未来的房子里，我只看到一片
荒漠（……）。这暂时的空缺让我为自己的命运担心。我亲
爱的妈妈，您能在您自己身上找到无数的慰藉，但是我，
我在我身上只看到您。"（1778 年的信）她的表达非常出色，
准确而简洁。年轻的内克童年时所有的书信都表现出了对

———————————
　　①　Suzanne Necker（1739—1794），斯达尔夫人的母亲。
　　②　Tronchin（1710—1793），瑞士医生。

这种风格的把握。但是，或许是因为漠然，或许是因为害怕在女儿面前展开的深渊，内克夫人为她过于"精致的风格"指责她。内克夫人补充道："生活经历越多，就会发现真正讨人喜欢、令人入迷的方式，是真实地再现思想，不累赘也不夸张。而她总有不同寻常的东西，真实的特征消失在过于牵强的形容中。"（1779 年 5 月 15 日的信）。母亲不愿意认为这更多的是情感而不是思想，也不愿承认热尔曼娜描绘的也许正是她的感情。

到了青春时期，年轻的女孩在父亲身上发现了绝对的理想形象，而与她母亲的关系变得矛盾起来。这并没有改变这个句子表述的没法活下去的可怕预感，"我在我身上只看到您。"对象变了，但是爱的方式依旧是固定的。她揭示了空虚的背景，自己快乐不起来。另一个人则基于存在的缺陷而被爱。这是一个普通的行为：被理解为"给我一个爱自己的理由，或活下去的动机"的"我爱你"，首先奉承了被爱者的自恋主意，尔后又让他难以忍受。面对一个在你充满爱意的目光下只会自恋的人，为了感觉到自己的存在而相信你的人，如何高兴得起来？回应不断增加的馈赠，是多少有些清晰的、多少能够清晰表达的躲闪的愿望。

斯达尔夫人的爱情故事是很动荡的（在她不得体的表现面前，她母亲既为她过度的风格，也为她过度的行为生气）。她很快就对第一次婚姻失望，用她本人的话来说，这场婚姻不适合她"在火里炼过的灵魂"。她在别处寻找爱情。她写信给她的丈夫——瑞典驻巴黎的大使——埃里克·马格努·德·斯达尔—荷尔斯泰因男爵："但我需要的是友谊和自由。这两样东西对我来说也是不可缺的：我的心想要其中一个，而我的思想要另一个。"（1791 年 7月 30 日的信）意思讲得再清楚不过了。然而，如果说这个年轻女子对自由的要求如此坚决，她对爱的自由的运用方式就没那么坚决了。实际上，她利用爱的自由，是为了永远不去限制她的诱惑才能，以及不去拒绝爱的激情。在这两个方面，她少有的大胆。凭借外貌、智慧、能言善语、无与伦比的对话才能，她的诱惑能力可谓登峰造极。拉马丁如此评价她："……她的出现有点张扬，有点虚伪，有点男性化，但是那双湿润的乌黑大眼睛，闪着火焰和美丽，她讲话活泼，打着手势，仿佛用来伴随伟大的思想……我眼里只看到她。"斯达尔夫人把她擅长的对话天才变成了她的两个女主人公，黛尔菲娜和柯里娜，这是最明显的特征之一。黛尔菲娜讲话随便而大胆。她说话是为了维护自己的观点。这在她的那个圈子里足以引起反感。柯丽娜走得更远，把这种爱好提高到实际的话语，因为她有即兴发挥的才能。她经常灵感闪现，介于诗歌与预言之间。爱着黛尔菲娜的莱翁斯，和被柯丽娜吸引的英国贵族纳维尔，都被迷住了。纳维尔一到罗马，就见证了坐在车上、受到全城热烈欢迎的柯丽娜的胜利，忘记了他对女性谦虚的好评，内心充满了仰慕。他接受柯丽娜的高高在上，对她崇拜不已。而柯丽娜也欣赏他："爱情，何等的感情！何等的生活中别样的生活！"这别样的生活，她没能将它融入自己的生活。莱翁斯拒绝了黛尔菲娜。纳维尔放弃了柯丽娜。不是因为对她们了解加深后，觉得她们没那么出色。正相反，她们过于出色。斯达尔夫人在她的两部小说里，通过勾勒优势女性的形象，描绘了孤独者的命运，她们最终因此而死。她们显露出来的过人的聪慧才智，为她们吸引了男人，但又使他们不会真正地与她们连在一起。他们更倾向于比她们稍逊一筹的女人，不会挡住他们的光彩，更能捧高他们的地位。当柯丽娜得知纳维尔娶了金发的吕西尔的时候，实在难以理解，愤怒和深深的不公平感击溃了她：吕西尔漂亮、温柔，谦虚有度，比较冷淡。乖巧的吕西尔不会像她们那样失去光彩，她本属于那种注定要过沉闷的生活、屈服于命运的英国女人（事实上，世上大多数女人都如此这般）：

　　　每隔一刻钟，有个声音反复提出一个最乏味的问题，得到最冷漠的答案，被挑起的烦恼带着新的重量压在这些女人身上，要不是童年时就养成的习惯没有教会她们承受一切，我们还以为她们是不幸的。最终，先生们回来了，如此期盼的时刻，并没有怎么改变做妻子的方式：男人们在壁炉边继续着他们的谈话；女人们留在房间深处，上着茶。该走的时候，她们跟丈夫一起走，准备好第二天重新开始与前天相比只有年历上的日期

和岁月的痕迹不同的生活。岁月的痕迹最终刻在
了这些女人的脸上，以显示她们这些年来仿佛生
活过。①

在她本人的生活中，斯达尔夫人真正地"经历过"。她
激起了许多爱情。她也几乎总是遭到抛弃。这导致了她经
常大发脾气，她发脾气的时候，谴责忘恩负义，口气充满
了绝望。斯达尔夫人的大量信件都是这种基调。她总是不
知疲倦地开始新的恋情，每次分手后，又用她单调的旋律
指责、批评："在这个世上，我只有通过您去祈求幸福，我
的生活在于见到您，被您爱。"（致德·纳博纳先生②的信）
她对德·里宾③抱怨的时候，几乎用了同样的句子："然
而，没法改变的是，对我来说，只有通过您才能得到幸福
或不幸。"她的爱情呈曲线式地下降。"您逐步将我拖入深
渊；我无法对您作出评价，却又不能不爱慕您。我看到您
根本不需要我，而我要是见不到您会死去……"（致德·纳
博纳的信）或是："您不了解我的个性。假如您彻底伤害了
它，我可是颜面扫地，但是我失去你如同失去我自己
（……）你让我发疯，你是最野蛮的男人，我同情马拉。"④

---

① 斯达尔夫人，《柯丽娜或意大利》（西蒙娜·巴莱耶 Simone Balayé
序），巴黎，伽利玛出版社，Folio 古典文丛，1999 年第 368 页——原注。
② de Narbonne（1755—1813），路易十六的前国防大臣，斯达尔夫人的
情人。
③ de Ribbing（1765—1843），斯达尔夫人的情人。
④ Marat（1743—1793），法国大革命时代被刺杀的雅各宾派领袖之一。

（致德·纳博纳的信）恐怖时期①，斯达尔夫人还威胁要去巴黎，这等于是自杀，她肯定会在巴黎被送上断头台……斯达尔夫人"嗜好"痛苦，就如同她以前依赖鸦片一样，她不仅成功地以各种原因为一个男人痛苦，而且还成功地同时为多个男人痛苦。她给朱丽叶·雷卡米耶②夫人写信道："我希望少为邦雅曼（贡斯当）③痛苦，现在我可以为普洛斯佩④痛苦。但是，我亲爱的朋友，请向我解释这种将似乎应该互相排斥的痛苦聚齐起来的爱情的力量。"

　　一个由于自身缺陷而被拒绝的女人还能努力去补救，但一个由于男人的虚荣心无法接受其出色优点而被抛弃的女人，她还能做些什么呢？将优点藏起来？这也许是一种解决方法，但是肯定不是斯达尔夫人的做法。那就试试别的方法？利用她的出色优点去思考她爱的方式，并改变它，用她的才能和精力作跳板，取得真正的独立。斯达尔夫人是做不到这一点的。爱她的人极度可怜，要有完全牺牲的愿望，屈服于传统的、向来属于女性的不幸。她爱的方式与她思考、创造、支配的方式毫无关系。后者根本不能用于前者。我们甚至可以说她有意加深她的痛苦。这种无法

---

①　法国大革命期间有两段恐怖时期，一段从 1792 年 8 月至 9 月，一段从 1793 年 6 月到 1794 年 7 月。
②　Juliette Récamier（1777—1849），著名的巴黎沙龙女主人，斯达尔夫人的女友。
③　Benjamin Constant（1767—1830），法国作家、政治家。
④　Prosper de Barante（1782—1866），法国历史学家、政治家。

克服的停顿和矛盾，导致了"优势女性"的悲惨命运。

几百年来，女人们默默地或难以描述地忍受着才能得不到施展的痛苦。她们偶然或长期因不满而痛苦，确信她们能够做出远远超过允许她们做的事情。她们感到她们拥有的智慧、组织、创造本领几乎一项也发挥不出来。这种直觉其实是不确定的，因为一项没有表现出来的才能是不存在的。然而她们没有任何机会去表现。她们被允许专心于消遣艺术，让家庭环境变得活泼、有面子，相夫教子。仅此而已。女人在家里无用的才能与疯子在疯人院里无用的绝望一样——只要秘密而缠人的失望不让她们走进精神病院……

斯达尔夫人是历史上第一个敢于窃取伏尔泰或卢梭的才能的女人。她粉碎了被压制或自我压制的、被毁灭的、被她们自身的优势逼病逼疯的女人的百年禁忌。她将自己的才能展现出来，既没有假惺惺的羞耻，也没有腼腆。她梦想荣耀，并得到了它。她在风烛残年中得出了什么样的结论？"荣耀就是体面地埋葬幸福。"这个有名的句子揭示了新的东西：在为才能得不到施展而痛苦之后，又因才能得到表现之后爱情遭到拒绝而痛苦。"他更喜欢不如我的女人。"斯达尔夫人对邦雅曼·贡斯当与夏洛特·德·哈登堡的婚姻发表声明。斯达尔夫人不知不觉中创造了非常时兴的"优势女性"的典型，也就是说，这样的女人，从职业角度和才能上来看，至少与男人不相上下，并且她们在私人的空间里，以她们特有的爱的方式，延续甘于牺牲的精神，以及对男性尽管神秘，却又不可否认的优势的认可。

1793 年，25 岁的斯达尔夫人在生下与德·纳博纳先生
的儿子，也是她的第二个儿子后，不得不接受他不再爱她的
事实。① 她格外绝望，一是因为这个可怕的失败，二是因为
她心中这位理想的共和主义者因被恐怖时代的罪行所背叛而
破产。她伤心得要死，从科贝城堡的窗户里凝视着日内瓦
湖，想淹死在湖里。但她没有昏头昏脑地去自杀，而是投入
工作，写出了她的随笔《论激情对个人幸福和民族幸福的影
响》。这是她的第一部重要作品，显示了她出色的作家才能。
"我懂得忍受，"斯达尔夫人在她的一封信中写道。这不是真
的。她不停地反抗爱的痛苦，不停地费力去抱怨、去谴责。
与同样处于被剥夺状态的某位朱丽·德·雷比纳斯②不同的
是，她不会将纯粹的爱的力量转化为温柔和宝贵的禀赋。她
认为她的才能应该得到认可。她没法理解她愿为情人献出生
命，而他却离她而去。她没法理解，义愤填膺。不，她不懂
得忍受，但是她比任何人都更懂得描写痛苦，在一生中，叙
述突然涌现的不幸及它的永恒性。

不　幸

　　不幸，这个可怕的字眼，在青春年少时就听

------

　　① 原著年代有误，斯达尔夫人的第二个儿子应是 1790 年出生的，当年
她 24 岁。
　　② Julie de Lespinasse，法国女文人，沙龙女主人，详见第 31 页《爱情》
一章的注释。

到了，而思想却没有理解它的含义。悲剧是虚构的作品，把厄运当作展现勇气和美丽的画面呈现在你面前；死亡，或幸福的结局，在片刻间结束了我们体验到的忧虑。走出童年后，赋予我们的一切印象以魅力的某种温柔，总与痛（douleur）的形象形影不离。但是，常常只需满二十五岁就能到达感情生涯里突出的一个厄运年代。

因此不幸如人生一样漫长。它由你的过错和命运组成；它让你受尽侮辱，受尽折磨。漠不关心的人，亲密的熟人，以他们跟你相处的方式，向你展现你厄运的缩影。每一刻，那些最简单的词汇和话语，再一次让你听到你已经知道的事情，但是每一次都会出乎意料地让你惊讶。如果你有什么计划，它们总是落在最痛处。痛苦无处不在，近乎让本该跟它最没关系的解决方法变得无法执行。我们努力去对抗痛苦，采取荒诞的计划去战胜它。但仔细想想，没有一个计划是可行的，不过是内心的又一次失败。我们感到自己被强大的魔爪般的唯一念头抓住了。我们克制思想，却又无法分神。生活中有一件工作不容许休息片刻。夜晚是整个白天唯一的等待，睡醒是痛苦的一击，每天早上都带着惊人的效果向你展现你的不幸。友谊的安慰浮于表面，但是最爱你的那个人，对你关心的东西，却丝毫没有与你分享半点不安念

头的意思。这些念头没有足够的真实性，得不到
表达，而由此导致的行动却激烈得足够将你吞噬。
除了在爱情中，那个爱你的人说到你的时候，考
虑的是他自己，除此之外，我实在无法理解，人
们如何能够一边想着痛苦，一边下决心继续将痛
苦维持下去；况且，这样做有什么好处呢？痛苦
根深蒂固，无论是什么大事发生，还是勇气，都
不能移开它。于是不幸持续下去，它有某种枯燥
的、气馁的东西，在烦扰了别人之后，自己也感
到厌烦。我们感到存在的感觉就像毒针在追逐着
我们。我们希望能够呼吸一天，一个小时，养精
蓄锐，好重新开始内心的斗争。我们要在重压下
重新站起来，斗争是沉重的，我们找不到可以支
撑的点以战胜其余的一切。想象力无处不在，痛
苦是所有思虑的结束，而新的思虑又蹦出来，去
发现新的痛苦。越往前走，地平线就越近。我们
试着用思考战胜情感，但思考增加了情感。最后，
我们很快相信我们的能力下降了。自我的衰退让
灵魂凋零，却丝毫没有祛除痛苦的力量。这根本
不是我们可以休息的那种情境，我们想逃避我们
所体验到的东西，然而这种努力更令人不安。那
些多愁善感、甘愿痛苦、顾影自怜的人，都谈不
上不幸。只有厌恶自己，而又感到与自己的存在
相连，就好像自己是两个人，彼此厌倦。必须不

能再享乐，再消遣，才能只感觉到一种痛苦。最
后，需要某种令感情干涸的灰暗的东西，在灵魂
里只留下焦灼和滚烫的印象。这样，痛苦就成了
所有思想的中心，生活中唯一的原则，我们只能
通过痛苦认识自己。①

① 斯达尔夫人，《论激情对个人幸福和民族幸福的影响》，巴黎，Riva-ges 袖珍本，2000 年——原注。

缺　失

　　我只看到我父母相互碰过一次。那是在阿尔卑斯山里的一条山路上。我那时大概六七岁。我在他们前面蹦蹦跳跳地采花。突然间，我预感到有什么事发生，于是转过身去，仿佛是要向他们展示我的花束：他们手挽着手。我目瞪口呆，回过身来拿我的花出气。我再也不敢转身。

　　那天晚上，在餐厅里，我没有再看到这种温柔接触的痕迹。以后的几年里也没有。他们一直互称"亲爱的"。她的声音充满怒气。他的声音微弱，带着绝望厌倦的痕迹。每个星期天早上我去做弥撒，我父亲去钓鱼，我母亲留在厨房里，拨弄着几只锅子，等着吃午饭。中午，我们听广播。来自别处的声音，无法解冻屋里的安静。

　　安静这个词不确切。屋里不吵，但也不安静。我父母的安静表现出来的不满，不是针对语言，而是针对事物的噪音。屋子里弥漫着恶劣的情绪。猛力的关门声，碰碎的玻璃杯，夜幕降临时，关百叶窗的碰撞，我自己把这一切表述为"今天受够了"。至于话语，人与人之间的话语，早就被排除出去了。话语早已在他们的无能中消失了，他们注定不能及时地告诉对方他们不再相爱，应该取消结婚的计划，应该勇敢地通知他们的家人，那不过是取消婚约，并不是什么灾难……然而，他们没有这么做，而是保持沉默，不露声色，按计划结了婚。我看过他们的结婚照：他们很漂亮，微笑着。他们脸上为了婚礼而流露出来的表情，与他们日常表现出来的、带有哑默的愤怒的标记（即缺乏幸福的表情）完全不同。他们对接下来乏味的日子无话可说，他们对悲剧和死亡更没话说。于是，每个人的失语症更加严重，我感到为了一切正常运转而不得不说的那几句话，就像灰暗的炮弹，像小而硬的子弹，从我头顶飞过。

爱　情

我如何才能消受我感受的、我忍受的东西呢？

——朱丽·德·雷比纳斯①

（致德·吉贝尔②的信）

　　卡蒙泰尔③画的是她的侧面像。她坐着，手里拿着一个杯子。她坐得笔直。她头发梳得很整齐，戴了一个花边绉纱的帽子，像一张煎饼扣在头顶。帽子肯定用一个夹子别在头发里，好让它不掉下来。朱丽看上去十分安宁、镇静，以至于夹子显得是多余的。她闭着嘴，目光专注：她在倾听。画家在朱丽位于圣·多米尼克路的沙龙里把握住了她。杜·德芳夫人的沙龙在圣·约瑟夫女子寄宿学院里，与她的沙龙相邻，在同一条街上。在两个女人断绝关系之

---

　　① 朱丽·德·雷比纳斯（1732—1776）生于里昂，是一个私生女，后来她的姑妈、沙龙女主人杜·德芳（Du Deffand，1697—1780）将她带到巴黎并成为她的女伴。在姑妈的沙龙里，她结识了众多作家、哲学家和社会名流，并受到他们的追捧，这引起了杜·德芳夫人的妒忌，两人因此吵翻。雷比纳斯离开了姑妈，自己另开了沙龙，并成为百科全书派的重要聚会场所。

　　② de Guibert（1744—1790），法国将军。

　　③ Carmontelle（1717—1806），法国剧作家、艺术家、擅长水彩画。

后，这实在靠得太近了。侯爵夫人杜·德芳的大多数常客并没有在她的责令下作出选择。他们经常出入两个沙龙，当他们晚上到侯爵夫人家吃饭迟到时，只是不吭声而已。他们缄口不提刚刚在她的对手家里度过的时光，小心不提到她的名字。德·雷比纳斯小姐的名字在侯爵夫人的"金色波纹扣"沙龙里是完全禁止的。在她的信里从来没有提到过雷比纳斯。作为侄女的后者去世的消息也仅让她写下这几句话："德·雷比纳斯小姐昨天夜里两点钟去世了。要在从前，这对我来说可是一件大事，而今天什么也算不上。"（1776 年 5 月 22 日）

朱丽·德·雷比纳斯没有将杜·德芳夫人的名字从她的词汇里删去，但是她提起她的时候，却没有掩饰敌意。她没有任何好感地描述这位被贺拉斯·沃波尔①称之为"聪明的放荡老女人"。她强调杜·德芳夫人以自我为中心，用优雅的形式掩盖暴力，并谴责她的疯狂，"尽管她的一切恰好让朋友敬而远之，却以为自己应该拥有朋友。用四个词来概括她的性格，就是轻率、冒失、自私、小气。"② 这个交游甚广、国际知名、能言善辩的女才子，同时也是感情之物。朱丽公开的激烈，而杜·德芳夫人拐弯抹角（她

---

① Horace Walpole（1717—1797），英国作家、鉴赏家，曾开创哥特小说的风气。

② 参见贝内德塔·卡维里（Benedetta Craveri）的《杜·德芳夫人与她的世界》，由希比尔·扎夫烈译自意大利文，巴黎，瑟伊出版社，1987 年，第171 页——原注。

这种类型的人会感叹："我忍受，我讨厌忍受!"）。她们两个人之间互相嘲弄——可以通过她们绝交之后留下来的痕迹判断出来——，远远超过了共处协议的好处，和对话艺术里的角色分配。她们各自委身爱情的风格迥异。杜·德芳夫人上了年纪后，为了贺拉斯·沃波尔，这个异常奇怪、陌生和比她年轻的男人，终于让步，而这种爱不可能是相互的。朱丽·德·雷比纳斯意识到这是没有回报的单恋，像那个被爱的男人一样，渴望这种意识伴随下古怪的、绝望的兴奋状态。她就是这样去爱的。为爱而爱。爱情使她陷入某种激情，这种激情不区分她看到或想到情夫时引起的激动和更加抽象、自我的，注重爱的冲动的沉醉："我是完美的，因为我完美地爱您。"

她跟着德·莫拉①侯爵发现的爱情之歌又在吉贝尔伯爵那里继续下去。这既是爱情之歌，也是死亡之歌，因为他们的私情开始两年之后，莫拉侯爵死于肺结核。她在献身吉贝尔伯爵三年之后，也因同样的病衰弱下去。吉贝尔伯爵是出色的"时髦男士"。他醉心荣耀。他幸福无比，因为他到哪儿都受到恭贺。朱丽爱的也是伯爵的荣耀。或者说，她把荣耀看成她爱人的标志之一，因此，她珍爱荣耀。但是，她也认为荣耀增加了年轻男子的冒失，减少了他的魅力。她没有因此指责他。他属于上流社会，她离开了他。

———————
　① de Mora（1744—1774），西班牙驻巴黎大使。

"财物、乐趣、挥霍、虚荣、观点，这一切都不再适用于我，虽然很短，我还是为因此而付出的时间后悔，因为我很早就经历过痛苦，好处就在于它让我避免了很多蠢事。我受过不幸——这位人类伟大导师的培养。"（1773 年 7 月 25 日的信）然而，对朱丽·德·雷比纳斯来说，死亡、贫穷、孤独带来的不幸，与单恋所固有的不幸是迥然不同的。第一种不幸是枯燥而经过考验的。要反对它，必须顽强。而第二种不幸有着温柔的一面。不能试图去抵制它。正因为这样，我们才会更痛苦，但也更有快感。"有这样一种痛苦，魅力无穷，为心灵带来温柔，以至于我们宁愿要这种痛，而不要所谓的快乐。"（1773 年 7 月 25 日的信）把吉贝尔伯爵从她身边偷走的，不仅仅是旅行和虚荣。其他的女人是她的第一号敌人。吉贝尔伯爵勉强掩饰他多次的不忠，当他决定结婚的时候，就不再掩饰。朱丽·德·雷比纳斯被排到了上流社会另一种秩序和价值的末端。"我不反对您对未来的计划，我没有未来。"她不再属于她同时代的人。她像阿贝拉尔的艾洛伊丝①、像费德尔②那样去爱。她进入了一个与时间无关的世界，漠视她亲近的人所关心的事。她不再有亲近的人。她被剥夺了一切，甚至她自己。对骄

---

① Abélard（1079—1142），法国理论家、哲学家。艾洛伊丝（Héloïse：1095—1163），是阿贝拉尔的学生，他们深深相爱，但婚后不久因妒忌的叔叔菲尔贝尔的阴谋和阿贝拉尔被阉割而分手，但艾洛伊丝终身爱着阿贝拉尔。

② Phèdre，希腊神话中雅典国王忒休斯的第二个妻子，爱上了继子希波吕托斯，但遭到拒绝，便诬陷说希波吕托斯污辱了她。希波吕托斯被流放，费德尔上吊自杀。

傲和自尊心的概念无动于衷，却从受奴役和柔弱的感觉中，矛盾地肯定自己有超人的力量——即统治权："……我生活在惊厥和苦痛中，但是，我等待的，我渴望的，我得到的，人们给我的，需要我的心灵付出这样的代价！我活着，我如此坚强地生存下去，以至于有时候，我突然意识到自己一直疯狂地爱着不幸（……）。是的，我再重复：我宁愿不幸，也不要上流社会的人所说的幸福和快乐；我可以为之而死，但是最好从来没有经历过。"（1773 年 9 月 6 日的信）

爱的痛苦使朱丽远远高于普通人类的命运，高于经常出入她的沙龙的那些人的冷漠和可悲的理由，高于所有那些"边拨弄着扇子，边聊着对莫朗吉斯先生的审判和普罗旺斯伯爵夫人来巴黎"的女人。根据神秘学的辩证法，她痛苦到极点而获胜，爱让她失去了理智。痛苦令她筋疲力尽，但是她所受的痛苦级别，使她不可比拟地体会到了生活。朱丽临死前，还找到力量给吉贝尔伯爵写信："永别了，我的朋友。如果还有来生，我依然想去爱您，但是没有时间了。"

为爱而痛苦，尤其是可以为之而死，让人变得不可战胜。

*

热尔曼娜·德·斯达尔，朱丽·德·雷比纳斯，以及

　　众多得不到爱的情妇，众多被抛弃的无名氏，诗人赖内·
马利亚·里尔克的《杜伊诺哀歌》正是写给她们的。她们
是他诗歌的意中人：

　　　　这些女人，你几乎妒忌她们，这些弃妇，你
　　发现比知足的女人更多情。
　　　　重新来过，
　　　　一次次唱出那不可企及的颂歌吧！①

---

　　①　赖内·马利亚·里尔克，《杜伊诺哀歌》，J-P·勒菲弗尔和 M·勒尼奥译，巴黎，伽利玛出版社，1997 年，第 31 页——原注。

等　待

唯一的生命

　　我的父亲和母亲，跟许多夫妻一样，利用孩子作为不分手的借口。这就是我的功用。"多亏了我"，两个既不相爱，也不再对对方有欲望的人依然呆在一起。我不需要做什么特别的事，也不需要合作。存在、长大，这就是他们对我的要求。以后，很久以后，等我长大了，他们就可以各走一边。我母亲，迷失于无尽的怒火，自然不会这样想。但是我父亲却会。他自己这样想，也告诉那些由于她们的不幸而爱上他的女人。她们等着。好长时间。她们哭着，大吵大闹，尔后厌烦了。她们肯定将他的沉默当作了漠然。她们错了，他想去爱她们。他特别想，想得难以忍受。他心里因此不舒服，而又鼓励自己要忍受痛苦。他划船，打网球，把自己关在车库里修修弄弄，永远都默不吱声。但

终于有一天，他失去了耐心。他四十岁那年去世了。也许
是弗兰茨·卡夫卡写在《日记》里的这个可怕的想法，突
然地闪过他的脑海，并杀死了他："我生活在这个世上，仿
佛确信会有来生，有点像我为了安慰自己没能去巴黎，就
会想，下次争取去一趟。"

等候厅

不用年来计算，仅用小时稍稍数一数，就会发现等待
就是一种酷刑。无论在哪里等待——不管等待的地方有多
奇妙：最美丽的城市，雪里的木屋，海滩，我们眼里看到
的，都是冰冷的、不加装饰的等候厅的模样。唯一的亲切
关注，是堆在等候厅中间的矮茶几上的一叠无法卒读的旧
报纸。全世界都能在等候厅发生变化。无论我们做什么，
无论我们的行为显得有多疯狂或放肆，什么也不能让我们
忘记等待。我们就是在等待。即使我们成功地骗过等待，
我们也不能骗过自己。

人们不会错得更多。等待是那么显眼。在咖啡馆里观
察一下我们的周围……一眼就能看出正在等待的人。他神
色僵硬、警惕，他的态度现出痛苦、紧张，他或是热情地
仔细观察每一个新来的人，或是假装专心阅读。但是，每
隔五分钟，他就会把眼睛从报纸上移开，看看他的手机，
再次巡视一下所有的客人——所有那些舒服地坐在桌子边，
享受着眼下时光的无所事事的幸运者。他们要是喝咖啡，

能品出咖啡的味道，他们要是打开报纸，会真的去读，他们满足地看着过往行人，他们不慌不忙，注意到每一个细节，看到向他们微笑的眼睛。多幸福的人！他们不知道自己有多幸运！遭受等待的酷刑的人咬指甲咬到出血，在原地憔悴下去。他身边的一切失去了真实。他独自一人身处沙漠。他盯着晃着刺眼白光的空旷地平线。

舞会手册

以上我们等的是某个确切的人，但是还有茫然的等待，默默地、绝望地想象着迷人的王子。有一种状况，我觉得就是其中的代表：那就是在舞会上，在年轻女子不能主动挑选追求者，而年轻男子有特权，可以主动邀请她跳舞的那个时代（"请允许我向您献殷勤……"）。没有舞伴而在一边围成圈的那些年轻姑娘，个个都很漂亮，受着希望的折磨，我常常想起这个情景，就像想起那些我们没有经历过，但通过既是接收来的又是内在的某种记忆，与我们同为一体的某个过去的所有情景。

她们坐在那里。她们等待着。她们头上插着花，穿着蝉翼纱般的长裙。她们交谈着，以掩饰窘境。她们的交谈毫不认真，动不动就笑。不能卷进讨论中去，而错过机会，因为每一秒钟都可能是良机：就在那一秒钟，他会对她俯下身，邀请她跳舞，娶她。

年轻姑娘手里拎着镶满珍珠的小包，小包里放着一块绣着她姓名开头字母的手帕（这块手帕是她叠放整齐的绣花嫁妆里的一件）和舞会手册。手册的所有页面都是空白的，但是这不说明什么。一个男孩可以在看见她的时候，就这样自动地做出决定。她悄悄溜出去补补妆，再回来，满怀希望。她对舞会所寄予的希望，从它的紧张程度，从胜败在此一举的清醒意识来说，可以跟战争前夜的将军的极度亢奋相比。对这个年轻姑娘来说，舞会属于一生中那种能改变一切的少有的时刻。年轻姑娘与将军所不同的是，她没有任何决定权。时钟的指针像跳舞的人一样转着。年轻姑娘感觉到她的精力在衰退。她不能再盯着舞池。跟女友们开玩笑对她来说越来越困难。"老姑娘"，令人害怕的命运，羞辱的词，羞愧，涌进了她的脑海。

　　我们等待着某个人，某件事，某个信号。我们并不确认。改变环境。新的爱情。某个人突然间改变我们的生活，将它变成节日。问题是，等待不仅容易被察觉，而且还微微引起反感。等待推开、扼杀兴奋。谁愿意被等？谁愿意去满足等待的人？一切正好相反。另一个人应该偶然出现，搅乱剧情。他是闻所未闻的。当我们无待之时，所有的梦都成真。

苦　牢

雪

　　我在完全变了样的风景中醒来。白茫茫的一片。天地合一。房子的轮廓不见了。屋顶的方格、门厅前的楼梯的起伏、田边的路都消失了。雪，就像灰尘，但是亮晶晶的，盖住了一切。我本该出去，拿一把铲子，将门前清扫干净。但是我一动不动地凝思这美景。我喜爱它突如其来的方式：在我睡梦中，与我的睡梦串通好。雪悄无声息，它的这个特点，对一件大事来说显得反常。今天早上，我什么也不做，就看着雪。也许，稍后我会扫出一条路来。我想起了《死屋手记》里少有的快乐：暴风雪过后，苦役犯们走到院子里，清除有时候高过窗户的雪。这时，陀思妥耶夫斯基写道，他们想笑，想玩，想互掷雪球。这珍贵的洁白唤起他们的童年，忘记眼下的恐怖，于是他们让这洁白飞起来。好景不长。快乐变质了，力量变成了狂怒。辱骂和拳脚代替了好心情。而在苦牢里，好心情显然不是常有的。

陀思妥耶夫斯基：痛苦的刺激

不过，还有一个快乐的机会，就是苦役犯提起他的罪行的时候——陀思妥耶夫斯基观察到，几乎一向如此。他提起他的罪行时毫无悔意，相反很骄傲，或是精神焕发。"我只有在苦牢里才听到过，在孩子般难以抑制的欢乐笑声中，讲述最可怕、最灭绝人性的行为，最凶残、最可耻的滔天罪行。尤其是某个杀害父亲的人，我永远不能把他从记忆中抹去……"① 这个年轻的贵族，遭到解雇，负债累累，与指责其行为的父亲产生了矛盾。他厌烦了父亲的告诫，想要尽快继承遗产，就杀了他。被送到西伯利亚后，凶犯没有表现出丝毫的悔意：他显得满不在乎。"在对话中，他偶尔会提到他父亲。有一次，向我说起他家族遗传的强壮体质时，他补充道：'比如说，造我的那个人，直到死，都从来没有抱怨过疾病。'"② 在如此冷漠的道德面前，陀思妥耶夫斯基断定了罪犯的凶残，接着，更深刻地断定了苦牢、苦役、监狱的谬误，以及惩罚是根本没用的："我

① 陀思妥耶夫斯基，《死屋手记》，巴黎，伽利玛出版社，《七星文丛》，1954年，第923—924页——原注。
② 同上，第924页——原注。

深信，那个著名的隔离监禁制度只能达到一个骗人的、表面的目的。它榨取了一个人的生命力，让他精神烦躁，让他衰弱，让他害怕，然后把一个精神干枯、半疯半癫的木乃伊作为改正、悔过的典型介绍给我们。"① 于是，镣铐、侮辱、天天忙于可笑的苦差、体罚，所有这些强加的、反复的痛苦，都没有用，因为它们达不到唯一能够为其辩护的目的：知错，赎罪，良心的丰富。在陀思妥耶夫斯基身上，有着真正的对痛苦的爱，条件是它必须是道德上的痛苦。苦牢里的痛苦纯粹是肉体上的，让他痛心。这就是为什么，他把决定牺牲自己命运的囚犯的行为，当作依然能够安慰干涸心灵的笔记写下来。有一个虔诚的男人，《圣经》的忠实读者，有一天拒绝去做苦役。少校过来提醒他没有选择，他朝少校扔了一块砖头。他没命中目标：这并不妨碍他得到想要的结局。他在自寻苦吃，把不幸掌握在自己手中。实际上，他的反抗行为是无效的，可笑的。但问题不在此。从此，他的痛苦成了要求正义、愿意牺牲的一部分，这超越了痛苦，赋予了它意义。

在他频繁逗留苦牢的医院期间，《死屋手记》的叙述者更加近距离地观察与痛苦的奇怪关系。在他看来，苦役犯在痛苦中坚持下去。这种关系是外在的，哪怕他们为之而死。因为，如果他们没有当场死去，送回来的时候也因棍打鞭抽的酷刑而奄奄一息。但是，假如他们意外地活了下

---

① 陀思妥耶夫斯基，《死屋手记》，第 923 页——原注。

来，一旦体力恢复，远不会去思考受罚的根源，而只想着
一件事：康复、离开、重新犯错。他们付出了代价。他们
不欠社会什么。从那个施刑的人，那个刽子手的角度来看，
会不会有道德上的顾虑？根本没有。他只是机械地执行。
他满足于充当工具的角色，行动的时候更加自信，是因为
他听从于"罪恶"的鼓舞。陀思妥耶夫斯基揭露从残暴中
取乐的行为，某个中尉在施酷刑的时候开玩笑，以此来增
加鞭挞的痛苦。"可恶的"乐趣，陀思妥耶夫斯基通过他的
人物的声音来作出评价。

　　这一个人，病了，躺在医院的床上，看着被判刑的人
背上流血、昏迷着回来，他属于哪一方？显然属于受害者。
他用自己的兴趣表现出了这一点："我就鞭挞造成的痛苦久
久地询问了我的同伴们。我想了解它的强烈程度，知道能
用什么来与它相比。我真的不知道是什么原因促使我这样
做，但是，如果我没记错的话，这不是单纯的好奇。我再
说一遍，激动和惊愕压迫着我。但是我自问了，我从来都
没有得到满意的回答。'像火一样灼人'，人们总是这样回
答我，'火辣辣的，就这些！'"①

　　这句打发人的"就这些！"，不能让他满意。他想要细
节、比喻、分析。他最后得知，笞鞭打五百下就能打死人，
而小棍子的话，要打上一千下，甚至两千下才能致死：笞
鞭也更痛苦。"显然，笞鞭更折磨人，因为它们更刺激人的

---

① 陀思妥耶夫斯基，《死屋手记》，第 1106—1107 页——原注。

神经，最大程度地折磨人，过分地令人烦躁。"① 事实上，他从受害者的状态作出总结后，想起了萨德②："我不知道现在还有没有，但是从前有些绅士，喜欢鞭打他们的受害者，萨德侯爵和布兰维里耶③夫人可以作证。我认为，这种感觉让他们心中产生某种对衰弱的痴迷，属于反常的乐趣。有些人像老虎一样，贪婪地舔着他们流出来的血。"萨德的名字，向来都出现在对受害者感觉到的痛苦好奇的同情中……这种到以他人痛苦为乐的施罚者的狡诈过渡，多少属于有意维持的混乱。对陀思妥耶夫斯基来说，他对施虐—受虐狂的强烈道德控诉，妨碍他承认自己也有这种嗜好。它使他不去试图理解为什么他会对错误与惩罚、犯罪的欲望与赎罪的欲望之间隐晦的令人极其快乐的关联如此敏感。"我真的不知道受何驱使，但是我要是没记错的话，那不是单纯的好奇……"不单纯的、很少考虑到原因的好奇：伟大的小说家陀思妥耶夫斯基心里竭力保护他对无知的谨慎。痛苦是他的阵地：这一点，他是知道的，他听从这种模糊的亲缘关系授意给他的所有鼓动。痛苦是他的领地，他的元素，他的兴奋剂，不是表现在颓丧的痛苦有益论、逐渐凋萎、流不尽的泪水，而是像某种兴奋状态，某

---

① 陀思妥耶夫斯基，《死屋手记》，巴黎，伽利玛出版社，《七星文丛》，1954 年，第 1107 页——原注。

② Sade（1740—1814），第 97 页《狂热》将论述这位法国作家。

③ Brinvillers（1630—1676），法国侯爵夫人，为继承遗产，毒死父亲和兄弟，因而被烧死。

种让他情绪激昂的清醒。

　　陀思妥耶夫斯基在写给他哥哥米哈伊尔的一封信中，描述了 1849 年 12 月 24 日，在刑场逃过死刑的几天后，他离开彼得保罗要塞监狱，去苦牢："子夜时分，即刚好圣诞来临，我第一次戴上了铁链。然而我们被要求爬上敞篷雪橇，每一辆雪橇孤立开来，跟一个警察，负责护送我们的马车，走在四辆雪橇的前面，我们离开圣·彼得堡（……）我的心忐忑不安，无声地呻吟着，痛苦着。但是冰冷的空气让我振作精神，就像我们在生活中迈出新的一步前，感觉到普通的生机与活力。事实上，我很平静，专心地看着圣·彼得堡，我们走过亮着节日灯光的那些房子，向每一座房屋单独地道永别。"此外，他发现刺骨的寒冷、暴风雪以及无眠的折磨，对他产生的倒是积极的效果。"我们冷得要命……然而，神奇的是，旅行让我完全恢复了过来。"折磨对他来说是一次旅行。或者，换句话说，陀思妥耶夫斯基只在自己的内心旅行。他由对痛苦的认识构成。它是他的组织体。正如齐奥兰①仰慕地证实道，陀思妥耶夫斯基为了发掘这种认识，不会在任何东西面前退缩："陀思妥耶夫斯基的生活是地狱。他经历了所有的考验，所有的压力。他无疑是内心经历最深刻的作家。他一直走到了极限。"②

　　① Cioran（1911—1995），法籍罗马尼亚作家。
　　② 齐奥兰，《对话录》，巴黎，伽利玛出版社，1995 年，第 269 页——原注。

齐奥兰也是这句美丽格言的作者:"莎士比亚和陀思妥耶夫斯基让你为自己不是一个圣人或一个罪犯而愧疚不已。这是两种自我毁灭的方式……"① 我们由此可以理解,苦役犯陀思妥耶夫斯基面对他那些难友所感受到的真正的遗憾,不是简单地遗憾惩罚没有给予他们任何犯罪感,而是超越合理的、有建设意义的逻辑,疯狂地遗憾他们没有利用苦牢里痛苦的机会,从凶手的状态过渡到圣人的状态。

摄影展

陀思妥耶夫斯基对我们提到的、他自己度过了四年时光（1850年1月至1854年1月）的苦牢,位于西伯利亚鄂姆斯克要塞。那是在19世纪中期。已经是很久以前了。事实上,在如此肮脏、残酷、孤独的监禁条件下,散发着某种古老的东西——对不幸,对彻底的恐怖忠实地揭露:苦役犯们拖着的镣铐,脚踝上的伤口,零下四十度的气温下披在他们身上的破烂衣衫……但是,几个月前,我在巴黎的一家FNAC书店里看到一个题为《苦牢里的儿童》的摄影展,我意识到在21世纪的俄罗斯,一切完全一样,更严重的是,涉及的不是成人,而是儿童。一万七千多名儿童被关押在教养院或临时看守所里。李琦·莎丹②在圣·彼

---

① 齐奥兰,《眼泪和圣人》,见《作品集》,巴黎,伽利玛出版社,1995年,第297页——原注。

② Lizzie Sadin,法国女摄影师。

得堡地区的科尔比诺和勒弗达两个拘留所里拍的那些照片
上的一切，描述了那些小男孩遭受的残暴待遇。他们每天
二十三小时挤在牢房里（一小时在铁丝网围着的笼子里放
风），两顿饭（每次三分钟，手里拿着表，吞咽一碗大麦粥
和几口黑面包），根据外界的要求，让他们工作的车间：分
拣含铁的垃圾，折叠纸张，做棺材……死屋依然存在，而
且继续下去。在竖着带刺铁丝网的墙壁后面，这些面色苍
白、剃着光头、穿着磨破了的衣服的孩子们，从物质上、
肉体上，当然还有陀思妥耶夫斯基所指的道德意义上来说，
不属于活人的世界。他们听不到呼唤他们悔过的声音，他
们远离通过灵魂的拯救而获得的新生。这些赎罪所里的年
轻囚犯们，更关心的是生存下去，而不是思考他们的流浪
或偷窃行为……陀思妥耶夫斯基的悲叹依然还是现实。惩
罚治愈不了心灵，不能令人改邪归正。相反，它摧毁所有
的心灵前景……苦牢并不引起精神上的痛苦，却导致难以
忍受的空缺、恼人的需要：对自由的需要。

　　我看着这些画面：受折磨的人，这就是遭看守和同伴
折磨的十三岁孩子的一张照片的注解文字。他哀伤的侧影
吸引住了我，他狭窄下垂的肩膀、虚弱的脸、忧愁的眼睛，
并不寻求关注，而是哀求人们走过去，让他清静。几乎所
有的脸都有着同样的灰暗，反射性的动作都是为了不要引
起人们的注意，以避免招来新的麻烦。但是，远处有几张
照片，萨沙的目光让我停下了脚步。他从一块破玻璃的星
形裂纹里注视着看不见的观众。他呼唤着他们，想把他们

留住。我读着他艰难生活的最后阶段：他最近在寒冬里被释放了。人们为他打开门。他一无所有，只穿着一件棉衬衣。几天以后，他因饥寒交迫病了，又去偷窃。惯犯。回到教养院。萨沙，十七岁。他的目光惊人地活泼、坚定。为什么而坚定？

他从哪里来的活力？坚持下去的疯狂意志，在监狱的暴力中抵抗住看守们的拳脚，不惜一切代价活下去，以重新品味获释的那一刻。这难以置信的冲击，早就被梦想了无数次，并超越一切。他自童年起就与纠缠他的厄运抗争，威胁着要战胜它，却做不到。他自信，他清醒，就像一个战士。

除非，他以某种类似于陀思妥耶夫斯基的含糊状态，在他的厄运里，并依靠他的厄运幸存下来，在痛苦里找到激励，找到某种强烈因素。

"苦役囚衣是粉色和白色条纹的……"（让·热内①）

照片上的萨沙，柔软的身躯，炯炯的目光。谁看着谁？谁是客体，谁是主体？从正面的、外界的角度来看，无可争议。但是在内部，究竟发生了什么？为了生存下去，我们可以不去衡量自己的力量，不打算抗争，也可以不去疯狂地与痛苦融为一体，通过痛苦发现自己特殊的才能，而是可以更加诗意地，或色情地，扭转局势，在欲望的兴奋

---

① Jean Genet (1910—1986)，法国作家。

中，进行彻底的蜕变。让·热内写道，于是，对看守，对他们受命的粗暴，平庸命运的可怜，我们只体会到同情或蔑视："在孩子们灿烂的生活旁边，他们过着什么样的可怜的生活？（……）一些小屋围着教养院。里面住着看守们的家庭，人口众多的农民式家庭，在那些富裕的少年犯旁边显得可笑的贫穷。那些少年犯富得只拥有年轻、优雅、在快乐的神态中形成的姿态，以及他们对折磨他们，却不知道折磨让因此喜爱折磨的人变得崇高的那些人的支配力。这些无耻的畜牲，让我被淹没的生活显得美丽。如果没有他们，没有那些施刑的孩子，守在我内心深处的灵魂将不会如此华贵。我的童年生活是残酷的、血腥的，这种在梅特雷教养所的孩子中间盛行的残酷，就是受到丰特弗洛的男人们稍欠智慧的那种残酷的启发。在我的记忆里，这个教养院的特殊世界，有着监狱、剧院、梦想的特点：焦虑、跌倒、高烧、幻想、难以解释的声音、歌声、意想不到的存在。但是我敢认为，监狱和儿童教养院离不寻常的东西不够远。它们的墙壁太薄，密封性太差。"①

　　看守在他们的家庭生活和他们维护得很好的小屋里，繁殖着死亡，而苦牢里的孩子们，在害怕与迷恋，抛弃与绝望，暴力与爱情中，创造着另一个生活。这种选择是荒诞的、无法防御的、神秘的。热内第一个承认这一点："这种爱没有将我引向任何一个低级的地方，而是相反，将我

---

　　① 让·热内，《玫瑰的奇迹》，巴黎，伽利玛出版社，2002 年，Folio 文丛，第 130—131、150 页——原注。

抬高，照亮了我的四周。我使用所有宗教神秘主义自身的语言，去讲述它们的神和它们的秘密。按不同的语言，它们在阳光里或雷电中来到。"①

一个人的文学天才不足以拯救儿童苦牢，将它变成值得颂扬的机构。不，他们的衣服不是粉色和白色条纹的，但是热内提醒我们永远不应该排除不可能的事情：在最糟糕的情况下，一个疯狂的愿望能够幻想一个新的世界。

---

① 同上，第 134 页——原注。

图书馆

> 确信一切都被写成文字，将我们废除，
> 或将我们变成幽灵。

> ——博尔赫斯
> 《巴别图书馆》

浮 现

　　世界上的图书馆各种各样。从一个国家到另一个国家，从一个城市到另一个城市，甚至在同一个城市，它们互不相同。我喜欢在旅行中去参观图书馆，看着书，看着读书的人。我试着理解得到书的方法，当我意识到这是有可能的，我就离开。尽管这不是一个真的工作日，它还是给了我快乐：走出图书馆重新找回世界，街道，声音，活动，灿烂的阳光，潮湿的雪，掀起裙子、吹扫枯叶的风。也许，还有些图书馆是为了浮现在阅览室外的瞬间，为了走出去的乐趣建造的。如果这是真的，法国国家图书馆就是完美无缺的。每当夜幕降临，高耸的金属墙壁之间的手扶电梯，将我们从地下室即底层拔出来，让我们踏上飞毯，飞向苍穹，飞向云彩时，总让人感到激动。瞧，我到了！高高在上！我走在宽阔的广场上，我跑向金字塔的顶端（不要太快，因为木地板会打滑）。我感到背部疲劳，眼睛眨个不停，但是心里很骄傲，感到自己被抬升了。仿佛这一天让我进步了一个档次。但是在什么方面？在既不是线条的，也不是圆圈的方面。那么如何给这所谓的进步标注刻度？必须要像《恶心》①里那个自学者的角色一样天真，才会相信，因为他给自己制定了一个按照字母顺序排列的阅读计划，能够清楚地告诉他读到哪里了。那个自学者可笑、感人、让人绝望，但是他累人的怪癖能在图书馆的常客身上找到。就这样，我走过高高的广场时，努力用我新学到的东西来表述。我的脑袋糊涂起来，只剩下这一点骄傲。我垂下眼睛，看着我身下的塞纳河和来来往往的船只。我在台阶高处坐了片刻。既然我不能永远呆在这迷人的海拔高度，我终于决定下去。我回到了没有这份奢华的那些人所处的高度：一整天泡在书里。甚至，在盲目的人流带动下，我走进了一个地铁站，我下得比地面更低。所有的骄傲离我而去。我只剩下微微发热的脑袋，朦胧地感觉到记忆缺失。

奇　遇

　　如果我去旅行，那么参观图书馆就是一次旅行中的另

---

①　*La Nausée*，萨特的小说。

一次旅行。因为单单图书馆本身就是一个景区。它是惊讶、新发现、一连串的意外之地。从一本书到一本书，从一篇文章到另一篇文章的冒险过渡，是幸福的神秘旅程。安伯托·艾柯①在米兰的一家新图书馆剪彩时的发言里，提到他最喜爱的两个图书馆：耶鲁大学的斯特林图书馆和多伦多大学的新图书馆，这两个图书馆都开放到午夜，星期天也是如此："这样的图书馆适合我，我可以决定在里面度过最纯真快乐的一天，我读报纸，我带书到酒吧，然后我再去找其他的书，我有新的发现。用英国的经验论来说，我走进去是为了找事做，然而，我走到了亚里士多德的评论家中间，我弄错了楼层，我走进一个我本以为不会去的专业，比如说医学专业。突然，我遇上了用哲学参考来评论加利安②的作品。从这个意义上来说，图书馆是一种奇遇。"这种精神上的兴奋，探险家的狂喜，让一次图书馆旅行等同于一次环球旅行。在这种情况下，我们只能赞同博尔赫斯的《巴别图书馆》著名的开头："世界（别人称之为图书馆）由数量不定或无限的六角形走廊组成，中间是围着低矮栏杆的巨大通风井。从每一个六角形，我们都能看到上面和下面的楼层，无穷无尽。"③但是通常，由于缺乏类似的探索热情，以及善于将发现转化为成果的精神，在

---

①　Umberto Eco（1932—　），意大利作家。
②　Galien（131—201），希腊医生。
③　博尔赫斯，《作品全集》，第 1 卷，巴黎，伽利玛出版社，《七星文丛》，1993 年，第 491 页——原注。

图书馆里度过的时光可怕地停滞不前。

抄写僧侣

从前，我常去老的国家图书馆，从里面出来时不会有任何高度的震颤，极少有机会忧伤片刻。情况通常相反。每次看到曾经是旅店的黎塞留大街 61 号墙上的那块牌子："司汤达于 1822 至 1823 年居住于此。在同一条街的 69 号，他写下了《罗马漫步》和《红与黑》"，就像一把刀扎进了我心里。正是在黎塞留大街 71 号（从前的 69 号）的瓦卢瓦旅店的一个房间里，他用几个月的时间完成了他的第一部小说《红与黑》。他当时 47 岁。这部小说的构思突如其来。他看到人物活生生地出现在他面前，笔随着思绪的流淌而行……后来，他不停地回忆起巴黎的这个房间和那几个月写作的幸福。我也是，我常常想起来，我把小说故事骤然出现在生活中看作是我们的内心世界与莫扎特的音乐突然而完整的和谐……这怎么可能呢？我不再有时间的概念，我落入了科幻小说的错综复杂。我坐在圆屋顶下，在它鱼缸般的光线下开始阅读时，进入了沉闷的惯例。我承诺自己要从中挣脱出来，但是第二天，我又陷进了不确定之中。一种凌驾于我意志之上的力量让我重新处于抄写者远古的处境。地狱。这正是那个阅览室的名字，当珍贵而脆弱的书籍不能拿到阅览大厅时，人们就去那里阅读。在"地狱"里，不能带进任何私人物品，只能用笔抄写需要的书籍。技巧加耐心，无疑是一种折磨……这句具有诅咒形式的格言，概括了我自己选择的折磨的本质。有一天早上，我得知"地狱"以后更名为"保护区"，这丝毫没有改变它的权力。

　　把书直接登录到电脑上，让人觉得这项没完没了的抄写工作更加机械。一切都在柔和的嗒嗒声中进行——这低沉的声音，就像踩在法国国家图书馆里厚厚的地毯上喑哑的脚步声。这真的是一种折磨吗？正相反，这更是一种麻醉。我在机械的抄写中入睡（美国大学图书馆里的舒适效应之一，其实就是看到学生们躺在沙发上睡觉）。我不是不幸的，但是我与岁月失去了联系。长久地关在书本里，就是战胜了世上的危险，战胜了它隐藏的所有无法控制的东西。如果说图书馆里存在忧郁，却不存在残酷。相反，一旦承认我们读不了所有的书籍，图书馆保护我们，令我们安心。它纯洁、镇定、安静，风雨不透。我们可以读书，继续读，做笔记，给自己保留一堆一堆的书。未来既牢靠又触手可及。我们可以增加卡片，积累知识，最后，过了几年，我们想不起到这里来向这些书籍寻问了些什么。我们陷入了重复与习惯中。我们每天早上同一个时间到，要求同一个座位。堆在我们桌上的书从来不少下去。我们在心里悄悄地说：找回来了。什么？永恒……①我们差一点

----

　　① "Elle est retrouvée. Quoi? L'Eternité … "出自兰波（Arthur Rimbaud, 1854—1891）的著名诗作《永恒》——编者注。

相信。图书馆里的某些早晨人比较少……但是，随意翻着
一本书时，一个句子突然印入眼帘。一个非常简单的句子
指出："一本书无论有多悲伤，永远都不会像生活一样悲
伤。"我们惊讶地抬起头。什么，这不是同样的东西？我们
放下书，回到座位上，继续工作。但是那个小小的句子在
我们确信的围墙上留下了一道裂缝。我们明白不是我们吞
噬了书籍，而是书籍吞噬了我们，我们与生活——无论它
有多悲伤——擦肩而过，什么也无法安慰我们。有世界，
也有图书馆。后者不过是世界的补充。

善　意

　　我向她讲述格外愁苦的家庭问题是个错误。我看到她睁大的眼睛，闪烁着亲密和同情的光芒。她的嘴半张着，她用舌尖舔了舔粉红的嘴唇。她整个人散发出食尸吸血鬼的贪婪。我想收回前言。太迟了。"再多告诉我一点，告诉我你有多痛苦，这真可怕，不是吗？来吧，说吧，打开闸门，哭吧，这会让你好受些。"她在包里找什么？一块手帕来擦我的眼睛？一把刀来捅我的伤口？

狗

　　如果一个女人不是受气包，不是愁苦的母亲，不将其裂口称为"伤口"，不只是为服侍男人、为他和孩子牺牲而活，那么要小心！如果她风趣、幽默、潇洒，如果她的性别让她获得所有的温柔，这甚至成了她懂得独自专心的艺术，如果人们向她提起自然的害羞、母亲的本能、依赖的需要和附属的感觉时，她微笑，那么这个女人是个魔鬼！躲开她是最基本的预防措施。不以痛苦为使命的女人，即使不让文明的未来成问题，也只能带来不幸，导致个体的荒芜。她是男人的敌人。是她让他被逐出了天堂。从此，她不断地用失去的天堂来引诱他，对他做出承诺，甚至让他尝了尝天堂的滋味——以便让他再次出现在花园栅栏的另一侧，苦涩而憔悴，依旧落得一场空。

　　爱情的忧伤来自两个搭档在故事中平等地扮演一个角色。遭骗的男人，愤怒自己受骗，忽视了这个事实。一次

又一次的失望之后，他情愿拼命抹黑残酷女人的形象。对
他来说，这不是一个故事，不是一连串彼此改变的情景与
人物。在这个固定的世界里，一切都重蹈覆辙，只有失望
的爱情，由于一再重复，变得越来越痛苦。习惯并不因痛
苦改变。那个至苦的男人变得厌恶女人，对他来说，又一
次的失败，只是让他更深入了解女人的恶劣品性。

让—雅克·卢梭或"妈妈"的背叛

让—雅克·卢梭很年轻的时候，在他的爱情故事里体
验到了第一次失望。涉及对象是德·华伦夫人，他暗地里
称她为"妈妈"，而她叫他"小东西"。他有一次不在时，
"妈妈"爱上了另一个男人。让—雅克·卢梭的悲痛难以抑
制，但是他一生都极为小心，在记忆里既不歪曲也不理想
化他的这位启蒙人。几年后，他在巴黎的一家旅店里遇上
了在那里工作的一个年轻姑娘，与她结合。令他们结合在
一起的，是她作为女佣的动作。男人更信任女佣而不是女
才子。在婚姻与独身之间犹豫不决的卡夫卡，也是因此认
真地考虑娶菲莉斯。为什么？他第一次在朋友家遇见她时，
先把她误认作女佣……在让—雅克·卢梭和泰蕾兹·勒瓦
瑟之间，不是误会。她作为他的女佣住到他家。她是他的
家庭主妇，他的"女管家"，他的情人，后来才成为他的妻
子。她不识字，也就不会有读他手稿的危险。因此，他可
以安心地（另外，也没有想到把泰蕾兹列入被诅咒的行列，

因为她是他所厌恶的风骚、自由的女才子的反命题）盘点
他对女人的责骂，列出她们的缺点清单。非常长的清单。
它包括以下"缺点"：女人们不维持大自然赋予她们的态度
和位置，即服从并留在家里。她们总是在外面跑，抛头露
面，把钱花在服饰上，去看戏，也让自己被人看。她们拥
有男性朋友，在聚会上发言；她们缺乏才能和美感，却敢
大声评论，而且足够聪明地将这些评论强加于人。她们狡
猾、口是心非、奸诈、天生会演戏，显示了城市的堕落、
风俗的退化、社交生活的光彩和空虚。在卢梭看来，这些
沙龙人物，包括极佳地总结了权力与奸诈的杜·德芳侯爵
夫人，意在将人的本性女性化。

叔本华的狗

1851年，叔本华发表《附录与补遗》。他因此一举成
名，并在法国赢得了忠实的信徒，其中包括福楼拜、莫泊
桑、埃德蒙·龚古尔，龚古尔已经确信这样的事实："女人
喜爱不幸，他人的和自己的不幸。"他在《日记》中宣称：
"大自然把女人降为子宫！"……叔本华重新用到了让—雅
克·卢梭的众多固定词句，但他的指责更为严厉。让—雅
克·卢梭对沙龙女主人和女作家的敌意更加从感情的层面
上触动叔本华：他自己的母亲，约翰娜·叔本华属于这两
种类型。她是沙龙女主人、作家、歌德的朋友，尤其不忠
于死去的丈夫，是个爱花钱的寡妇，她是儿子憎恨的典型。

"我以为在他身上看到了巨大痛苦带来的惊厥，这似乎伴随了他对生活中某个阶段的可怕回忆，"哲学家的某位同时代的人记录道。叔本华成年之后与母亲断绝了关系，与好几位女子有过私情，但都以失败告终。他所有的故事都在猜疑、责备、对不忠的控诉中展开。每一次新的绝交都让他更加确信自己对女人的憎恨，更增加已经为数不少的抱怨。叔本华年轻的时候，考虑过结婚：他渴望真正属于"他的女人"。但是在所有女人的身上，他都碰到不能理解的东西。既然没有找到这个女人，他将痛苦转为愤怒的言论。爱的痛苦，不理解的哀伤，被埋在了一堆怨恨里。受女人伤害的行吟诗人的诗歌蜕变成了谩骂（克拉夫特·埃宾①在《性心理病》里将这种温柔的痛苦归入色情受虐狂行为）。眼泪让位于愤怒。对女人的憎恨，像所有的种族主义言论一样，是不幸的，固执地无视不幸的起源。

"阳极"（男人）与"阴极"（女人）之间的差别，不仅仅在于质量，也在于数量。在所有的领域里，女人是低一等的生物。她孱弱、多病、丑陋、肤浅、爱花钱、虚荣（"社交生活是她们的自然本质"），对艺术激情一窍不通，是知识上的"近视眼"，她之所以获得声誉，只是因为她有无与伦比的掩饰才能。她假装，模仿得惟妙惟肖。女人？不如说是猴子。她利用一系列厚颜无耻的欺骗，赢得了对男人的过分的权力，导致了"阳极"与"阴极"之间可耻

---

① Krafft-Ebing（1840—1902），德国精神病学家。

的转换。女人，"仅仅为了种类的传播而被创造出来"，唯一的目的就是受苦："她不通过行为，而通过痛苦终身偿还债务。"① 理想上如此。事实上，随着人类的退化——人类可以引以为豪的衰弱，女人要求从天生的奴役圈里解放出来。她不适当地、愚蠢地变成了这个受赞扬的人，活生生的骗子：夫人。叔本华唾弃夫人。剥光夫人虚假的魅力，回到生来就是为了受苦、伺候、繁殖的生物：这就是叔本华抨击文章的目的。

我们可以猜到：女人，这个狡猾的动物，具有语言才能，像男人一样说话，像他们一样自如地操纵句法和词汇，真是奇怪。如果女人满足于她的职责，她就不需要语言。话语对她不仅无用，甚至很糟糕。它是一个陷阱，因为女人使用话语只是为了伪装，滥用男人的轻信和善意。她懂得将她的弱点转化为力量，将思想的极度贫乏化妆成谈话的魅力。女人利用话语就像利用化妆工具。面对这个平庸却又极具吸引力的诱饵，作为阳极的男人该做些什么呢？什么也不做。他必须看着别处，克制自己。这不就是强迫自己孤独吗？一点也不，叔本华反驳道，因为男人有狗。狗与女人完全相反，不会欺骗人。男人在狗的陪伴下，不再需要在内心深处，努力去理解自己最终肯定会受骗。狗不会撒谎。它不会假装。狗无需通过语言就让人理解自己。

---

① 叔本华，《人世的痛苦，随想与摘录》，由让·布尔多译自德文，迪迪耶·雷蒙序，巴黎，Rivages袖珍本，1990年，第113页——原注。

"狗，人类唯一的朋友，与其他所有动物相比，有着它的优势，一个作为它特征的标志，就是它尾巴的摆动，是那么友好，那么具有表现力，那么诚实。当我们将这种大自然赋予它的致敬的方式，与人类为了表示礼貌而相互交换的卑躬屈节和可怕的鬼脸相比，反差实在很大。"① 狗就是自然与真诚的化身："与我的狗的交往让我感到如此惬意，是因为它本质的透明。我的狗像玻璃一样透明。如果没有狗，我都不希望活下去。"②

事实上，我们可以带着某种肯定的安全感提到狗：一条狗很少会偷偷地讨好另一个主人。而女人在这一方面，有意也好，无意也好，可是能手：能让你像畜牲一样痛苦，而狗不会这样做。

叔本华生活在狗的形象（他卧室的墙上挂着十六幅狗的版画，就在康德半身雕像、他母亲、歌德和他自己的肖像画旁边）和他最喜爱的一条鬈毛狗死后复制的面模中间。叔本华死后，将他的狗指定为遗产继承人。

为了回复或回应这种偏好，尼采将他的《快乐的知识》中的一段题名为"我的狗"：

① 叔本华，《人世的痛苦，随想与摘录》，第 207 页——原注。
② 同上，第 207—208 页——原注。

　　我给我的痛苦起了一个名字，我叫它"狗"——它像任何一条狗那样忠实、冒失、放肆、有趣、乖巧——我可以责骂它，将我的坏心情都发泄到它身上：就像其他人对待他们的狗、他们的仆人和他们的妻子那样。①

---

　　① 尼采，《快乐的科学》，帕特里克·沃特林译，巴黎，Flammarion 出版社，2000 年，第 255 页——原注。

合　约

> 我希望我爱的女人虐待我，背叛我。
> 她越残忍越好。这也是一种快乐。

> ——冯·萨克—马索克
> 《穿裘皮大衣的维纳斯》

幻想的光芒

　　萨克—马索克不停地描述、导演和赞美幻想性的强迫，这使他的幻想世界超越了时间。但是作家所属的真实世界——一个即将崩溃的、脆弱的、暴力的、被政治压力和反抗撕裂的世界——并不寻求简化幻想世界。事实上，有着波希米亚、斯拉夫和西班牙血统的莱奥波德·冯·萨克—马索克出生在加利西亚的利沃夫（伦贝格），现位于乌克兰，以前属于奥匈帝国。他的父亲，严厉而又缺乏敏感，先是在利沃夫当警官，尔后到了布拉格。全家于1848年，斯拉夫民族起义反抗斐迪南皇帝和梅特涅政府的高潮中来到了布拉格。还是孩子的莱奥波德见证了这些事件，由于他父亲职位的关系，他站在秩序一边，而出于激动和想象，他又赞同反抗者。萨克—马索克当时十三岁。后来，他在根据这些历史事实写小说《布拉格的女战士》时，把第一角色分配给了一个年轻的姑娘：维蒂耶斯卡。她跟他住在同一座房子里。有一天早上，他在院子里碰到她正在练习射击："她穿着波兰貂皮外套和华丽的匈牙利小靴子，非常迷人。她对我说：'您要是以为只有在你们国家才有女战士，那就错了。我也是，有机会的话我会爬上堡垒，也会骑上马，就像波兰的女英雄一样。'"① 机会很快就来了。维蒂耶斯卡匆匆加入工人、学生与军队最初的对抗。"尽管我年纪小，但是枪声与鼓声像哥萨克骑兵的老马一样令我陶醉。我进入由街垒保卫着的宽阔的战壕街。我看到维蒂耶斯卡化着昨夜舞会上的妆，手里拿着三色旗，腰间别着短刀和手枪。她的装束，由一条白色缎子裙、镶着白色裘皮的蓝色丝绒短上衣和一顶红色的波兰帽构成，巧合地代表了泛斯拉夫主义革命的颜色。"② 很快，起义者控制不了局面。在少年的心里，好奇心胜过害怕："接着，我想走近看看起义队伍受到攻击并被消灭的大街垒。维蒂耶斯卡躺在那里，背靠着一堆砾石，她美丽的脑袋垂向左肩。右手依然痉挛地紧紧抓住杀死冯·德·穆仁的枪。在她的胸口，曾经淌过大片的血，先是淌在裘皮和白色的缎子上，后来淌到了路面上，浸湿了街石。

---

① 雷奥波德·冯·萨克—马索克，《鞭子与裘皮大衣》，埃马纽·达赞编注，巴黎，Le Castor Astral 出版社，1995 年，第 74 页——原注。

② 同上，第 78 页——原注。

"死亡丝毫没有毁坏她的容貌。半睁的眼睛和嘴巴，似乎在微笑。但是嘴唇褶皱着，露出蔑视。这就是一个波希米亚女战士冷酷的微笑。"①

萨克—马索克年轻时，在利沃夫和布拉格之后，相继住过维也纳、布达佩斯……从知识上来说，历史一直是他的爱好。另外，他先在格拉兹当历史老师，尔后决定以写作为生。他起初写了些历史小说，获得了成功。但是，渐渐地，他将全部的精力用于色情享乐：他在历史里只寻找能够辩护他对痛苦的渴望的证明，以及他眼中理想女性的化身：残酷而冷漠的女人，类似金发的维蒂耶斯卡死时凝固的那张脸。

对萨克—马索克来说，历史的重要性与他的阅读取向以及他对艺术的兴趣不可分割。《穿裘皮大衣的维纳斯》的叙述者承认，在十岁的时候，曾经为发现《殉道纪略》而兴奋过度："我记得自己体会到了一种恐惧，这只不过是读到以下内容时的陶醉：他们带着某种快乐忍受最可怕的酷刑，他们在监狱里日渐衰弱，受着火刑的折磨，遭箭穿体，被扔进滚烫的沥青，被丢给凶残的野兽，或被钉在十字架上。从那时起，忍受可怕的酷刑在我看来是一种十足的快乐，尤其是这些酷刑由一个漂亮女人实施的时候，因为对我来说，诗意

_____

① 同上，第 80 页——原注。

与恶魔集中在女人身上。"① 要从酷刑得到快乐，必须由一个
女人来施行（刽子手男人只听女人的命令行事）。"世界史的
伟大作品中，象征贪欲、美貌、残酷的女人典型比比皆是：
莉布舍②，琉克勒西·波尔金③，匈牙利的阿涅斯④，玛戈
王后⑤，伊莎贝拉⑥，苏丹王妃罗克斯莱娜⑦，以及上个世
纪的女沙皇们。"⑧ 在这一系列大权在握的残酷女人中间
（其中也包括路易十五宠爱的蓬巴杜夫人!），最杰出的位置
落到卡特琳娜二世的身上。旺达向他提起这位女沙皇，他
因此更加受到诱惑。晚上，她就是这样突然出现在他面前：
"突然，她用马鞭的手柄敲打我的窗户。我打开窗，看到她
站在外面，穿着用白鼬皮滚边的紧腰上衣，戴着又高又圆
的白鼬皮哥萨克无边软帽，就跟伟大的卡特琳娜喜欢戴的
帽子一样。"⑨ 或者，在旺达的召唤下，他去她的房间，在
她的意大利宫殿里："我轻轻地敲门，因为我处处见到的奢
华让我透不过气来。没人听见我，我在门口站了一会儿。

---

① 《穿裘皮大衣的维纳斯》，见吉尔·德勒兹作品《萨克—马索克简介》，
巴黎，子夜出版社，2000 年，第 154 页——原注。
② Libussa，波希米亚王后。
③ Lucrèce Borgia（1480—1519），教皇亚历山大六世之女，以美貌
著称。
④ Agnès de Hongrie（1281—1364），匈牙利国王安德烈三世之妻。
⑤ La reine Margot（1553—1615），法国王后，亨利二世之女，亨利四
世之妻。
⑥ Isabeau（1372—1435），法国王后，查理六世之妻。
⑦ Roxelane（1505—1558），奥斯曼帝国苏莱曼一世的宠妃。
⑧ 《穿裘皮大衣的维纳斯》，第 155 页——原注。
⑨ 同上，第 181 页——原注。

我仿佛站在伟大的卡特琳娜的卧室前。仿佛她就要出现，穿着蓝色的裘皮便服，象征她地位的一根红带子缠在裸胸上，细细的白色发卷上精心地扑了粉。"① 伟大的卡特琳娜，杰出的斯拉夫典型，象征了所有与俄罗斯相关的幻想，她就是完美的化身：以她暴虐的性格，以她帝国的辽阔，以她色情的自由，尤其以在萨克—马索克的奇思异想中与她不可分割的两个标志：裘皮大衣与皮鞭。在享乐仪式展开的有限的舞台上，服装扮演着重要的角色。萨克—马索克每次在他的妻子兼女主人出现的时候，都细致地描写她的装束："她为旅行穿了某种女战士服，一条黑呢裙和用深色裘皮滚边的同一料子的紧腰短上衣，勾勒出了她苗条的身材，迷人地突出了这副行头的价值；在外面，套了一件深色的旅行用的裘皮大衣……"② 在《穿裘皮大衣的维纳斯》里，旺达每次出场，都有一身新的装束，当然，总包括裘皮在内。这是一剂春药。它在视觉和触觉上令人兴奋："从她的裘皮大衣过渡到一个漂亮而丰腴的尤物，看着、感受着她的后颈和美妙的双臂滑进珍贵而柔和的裘皮中，撩起起伏的卷发，再将它轻轻放置在衣领上，这真是一种极大的快乐。她随后将裘皮大衣扔掉，来自她躯体的温热和淡淡的芳香依然留在金色的裘皮里。这足以叫人昏了头脑！"③ 喜爱猫的萨克—马索克写道："裘皮让容易激动的

---

① 同上，第 193 页——原注。
② 《穿裘皮大衣的维纳斯》，第 182 页——原注。
③ 同上，第 204 页——原注。

人兴奋，这是一项建立在自然法则和普遍法则上的事实。它涉及肉体上的诱惑，既撩人又奇怪，没有人能逃避。科学最近在电力和热量之间建立了某种联系（……）旺达大声说，一个穿裘皮大衣的女人只不过是一只大母猫，一种充电有点过度的电池?"①

在萨克—马索克的舞台布景上，有着明显的改变装束的快乐——让他觉得有趣的快乐："半个小时后，我们出去，旺达穿着她的呢裙子，戴着她的俄罗斯帽子，我穿着我的克拉科夫服装。我们引起了轰动。我走在她后面约十步远，一副阴森的神态，而其实每一秒钟，我都害怕自己哈哈大笑。"② 但是这些服装应该用来释放冲动。当女人重新穿上她的裘皮大衣（这与正常的示意图相反，在正常的示意图中，女人脱光衣服），她变成了母老虎、母豹，她象征着胜利的野蛮生活。她用来打作为她奴仆的男人的鞭子，是她与生俱来的残酷的延伸。根据萨克—马索克，享乐的场景是否就是委身于一个凶残的、听从其本性的女人？它涉及到暴力和让他人痛苦的自发的快乐，他的许多女性人物都说明了这一点。但是，这种用裘皮作为保障的动物的力量，它最完美最矛盾的境界，就是与一个石头般的女人静止不动的冷漠融为一体。穿裘皮大衣的维纳斯首先是一座雕塑，或者一幅画，这个出类拔萃的活生生的女人，从艺术作品的精华中保留着

---

① 同上，第 153 页——原注。
② 同上，第 190—191 页——原注。

难以企及的优点——像仙女一样神圣。

女主人侮辱、鞭打她的奴仆。奴仆不会对他的女神有任何反抗动作。然而，出于天生的仁慈，她会把脱掉了皮靴、套着精致的拖鞋的脚伸给他吻……镀金、帷幔、沉重的家具、东方的地毯、镜子、土耳其长沙发、鲜花、各式各样的花瓶、雕塑、画、梦想中的浴室、被月光照亮的花园：萨克·马索克的维纳斯生活在怪诞而拙劣的装饰里。与萨克·马索克有书信往来的人中，有巴伐利亚的路易二世（名安纳托尔），绝不是一个偶然。小广告属于萨克—马索克爱情行为的一部分，也不是一个偶然。小广告面向陌生人，明确角色的分配。萨克—马索克为了更加确信一切都按照他的愿望进行，更加确信作为奴仆的他不会有任何获得自由、违抗女主人的机会，在他的作品及生活中，加入了条约。例如，他与范妮·德·皮斯特夫人签署的条约：

　　莱奥波德·冯·萨克—马索克先生以名誉担保，誓为德·皮斯特夫人的奴仆，绝对服从她的全部愿望和命令，有效期六个月。

　　不过，德·皮斯特夫人不能向他提出任何让他名誉扫地的要求（有可能让他失去作为男人和公民的名誉）。而且，她应该每天留给他六个小时写作，不看他的信件和手稿。每一次违反或忽视条约，或亵渎君主，女主人（范妮·德·皮斯特）可以随意惩罚她的奴仆（莱奥波德·冯·萨克—

马索克）。总而言之，受支配者以奴仆的依顺服从
他的女主人，他将她的宠爱当作迷人的馈赠来接
受，他不得要求任何爱情，也不能要求任何作为
她情人的权利。不过，范妮·德·皮斯特必须尽
可能地穿裘皮大衣，尤其是她在残酷的时候。

合约签署人：

范妮·德·皮斯特

莱奥波德·冯·萨克—马索克

自 1869 年 12 月 8 日起生效。

在《穿裘皮大衣的维纳斯》里，合约的签订，令旺达
（以范妮·德·皮斯特为原型）对萨乌宁（更名为格雷古
瓦）拥有生死权。在这份安排得很好的合约里，所有的权
利和好处都是单方的——奴仆除了最大限度地忍受外，没
有任何对等物。于是，这是一份表面上看来完全有利于女
主人的合约，除了按照奴仆的愿望，看上去严守法规的某
些句子所认可的，正是属于他的乐趣的主权。奴仆只能得
到快乐，或是正在兴头上的女主人控制不了自己，打得太
重（这让受害者陶醉），或是她不满足于将希腊人作为额外
的刑具，爱上了希腊人，那么萨乌宁就达到了完美的境域：
肉体上和精神上。

相反，让奴仆沮丧的，是一个无精打采的、懒于惩罚
的，或是明显觉得无聊的女主人。然而，这是有可能的。
施行者比受害者更容易疲劳。拥有性能量和游戏创造力的，

正是受害者。受害者颤抖着，颤栗着，等着下一鞭，完全
被他自己发明的场景控制住了。负责鞭打的女主人的疲劳
或厌倦，纯属于萨克—马索克幻想图解：他想要一个打他
且爱他的女人。他希望被当作奴仆去爱。但是女人宣告不
同的，或者不如说相同的愿望：在控制她的男人面前消除
自己。在萨克—马索克看来，这不过是铁砧与榔头的交替。
他毫不犹豫。他知道他的幸福在哪一边。对常态的平庸满
足不属于他。

因为爱情关系，女主人可以在奴仆痛苦的中途放弃他，
《穿裘皮大衣的女人》的结尾就是如此。以一定的代价，规
定一个职业的女统治者进行一次鞭打的简单合约，不符合
萨克—马索克的奇思异想。他需要的是爱情关系里的不确
定、进展和痛苦。这使他可以婚约为背景玩合约游戏，或
者把写信给他、后来嫁给他的年轻姑娘安杰莉卡·奥洛阿
改名为旺达。然而，旺达在幻想的戏剧和夫妻日常生活的
交织中，（因为她作为妻子和母亲必须应对的各种各样的困
难——让她的性放荡的角色变成了越来越困难的折磨），很
快没了主张，控制不了局面，萨克—马索克则因为一手制
造了这复杂的局面，总能将两者区分开。他没有从生活的
不幸中，体会到任何肉体上或思想上的乐趣。无休无止的
流浪，缺钱的折磨，他最爱的儿子萨沙的死造成的巨大痛
苦，萨克—马索克与痛苦并没有特殊的默契。他忍受着，
努力抵抗着。当他发现痛苦比他更厉害，就用痛苦来滋养
他的写作。小说《费尔雷乌卡的疯子》呈现了一个孤独的

男人，失去了他十岁的儿子（萨沙死时的年纪）。父亲只当儿子没死。他跟他说话，给他买玩具，每天晚上祝他晚安，呆在他床头给他讲故事。这是一个精神失常的人，叙述者被这样告知。但是他离开死人与活人被混淆在一起的城堡之后，依然没法摆脱出来："在头脑里，我依然还在费尔雷乌卡。'那是些疯子还是圣贤？'我问自己。我不知道，但是，如果那是些疯子，至少他们的疯狂比我们悲伤的智慧更美丽，更高贵，更感人。"①

并非所有的痛苦都让萨克—马索克感到快乐。根据不同的严重程度，它们让他——像所有的人那样——受伤，让他悲哀，让他沮丧，让他生病，让他死亡。只有具有幻想特性的痛苦，才能令他激动。他的乐趣，就在于为他所爱的女人痛苦。她是不可触及的。当她贴身穿着裘皮大衣时，她的裸体半隐半现。男人并不在她身上取乐，而是她用侮辱和酷刑让他得到满足。"我感觉超常，直到发狂"，《穿裘皮大衣的维纳斯》的叙述者这样提到他的少年时期，这种"超感觉"继续在他不厌其烦地编造和勉强改变的重复场景布局中留下深刻印象。

因为萨克—马索克为自己总能随心所欲而感到幸福——真实的，或通过想象，所以他的作品毫不忧郁。甚至，全书有着真正的幽默。相反，他妻子的自传作品，《我

的人生忏悔》（1906），完全是悲伤的，夹杂着些许无意中
的诙谐。萨克—马索克的舞台上有着特殊的灯光，冰冷、
幽暗、如月光一般，或是紫红色的，夸张的红，过分的人
工化。它向来都不是普通的、自然的。萨克—马索克对标
准不感兴趣："爱，被爱，多么幸福！然而，所有这些光
芒，在因喜爱一个将男人当作玩具的女人，由此变成一个
无情践踏你的暴虐女人的奴隶而感受到的充满折磨的快乐
旁边，是那么黯淡。"①

旺达·冯·萨克—马索克的不幸

在每日烦恼的约束中实现幻想，不是在舞台灯光下，
而是在日常生活黯淡的光线里展示出来，旺达由此揭示了
幻想可怜而可笑的一面。永别了，月亮，我们完全身处现
实的约束中。她能因此成功地打破魔法吗？对于某些读者，
是的。从这方面，我们可以说她的复仇计划成功了。让—
保尔·科尔塞蒂②认为："旺达将神秘匆匆地推进日常的秩
序中，神秘因此消失：她穿上被作家的文学空间里不朽的
女主角弃置于鞭子旁的懒洋洋软垫长椅上的白釉皮大衣。
至于《忏悔》，她固定了她想象的惯例和虚无。③"而我则

① 《穿裘皮大衣的维纳斯》，第 130 页——原注。
② Jean-Paul Corsetti，法国传记作家、文学编辑。
③ 旺达·冯·萨克—马索克，《我的人生忏悔》，巴黎，伽利玛出版社，
1989 年，第 21 页——原注。

认为，旺达的《忏悔》，讲述了发生在萨克—马索克想象之
外的事物。从一个嫁给他，除了扮演丈夫所规定的女沙皇
的角色外（"渐渐地，我开始将他的想象游戏当作我存在的
需要，我就这样接受了"①），还要扮演家庭母亲的角
色——他对此不屑一顾——的女人的角度来评价。而且，
她无法逃避。有一个动人的片断，很好地展现了这两个角
色的不兼容性。她生下第三个孩子几天后，为新生儿的健
康担心，她自己也生着病，却坐火车到附近的城市去赴依
然在寻找希腊人的萨克—马索克安排的约会。穿上裘皮大
衣的简单动作就需要她花费大量的力气："他（萨克—马索
克）最近为我订做了一件黑丝绒的裘皮大衣，长得拖到地
上，宽得像件袍子。这件大衣不仅有衬里，而且衬里也全
是毛皮的，它是那么的重，我穿上一会儿，肩膀就疼痛起
来（……）一想到在我如此虚弱的状态下要忍受这重负，
就足以让我失去勇气。"② 她接着还得面对人们的目光：
"为了增加我装束的'新奇'，除了靴子、裘皮大衣和帽子
外，雷奥波德给了我一根赶狗的大鞭子。在这样可笑的装
束下，他送我到火车站。"③ 见面的考验——完全失败——
比旅行的考验更加困难。回到家，婴儿奄奄一息。"我被悲
伤和痛苦战胜，任凭自己滑倒在床前，我就像我小时候经

---

① 同上，第 139 页——原注。
② 同上，第 114 页——原注。
③ 同上，第 115 页——原注。

常做的那样，把脸埋进靠垫里。我哭着……我哭着。"① 旺
达的眼泪不属于萨克—马索克的剧情。眼泪延续着母亲的
痛苦。在《我的人生忏悔》最后几页里，旺达表现了女性
的反抗。她揭露了婚姻制度的危害，这是法律规定必须服
从于男人意志的女人的监狱。她瞄得很准。于她而言，婚
姻合约，从这个词汇痛苦、不幸、模糊的意义上来说，是
真正的受虐合约。而对于他，婚姻合约，从这个词汇积极
的、享乐的、准确的意义上来说，是加剧、更好地保障受
虐合约的方式。旺达对婚姻的疑问催人思考，她是否触及
到了夫妻合约深刻的、隐含的真相？事实上，夫妻合约通
常是受虐的合约，相互限制的合约，但是没有它，以下这
个反常而明确的命令就永远不会形成："让我痛苦：我
喜欢。"

　　舞台的完美谢幕印证了游戏的结束。帕斯卡·基纳尔
在他关于萨克—马索克的文论《结结巴巴的人》中强调：
"因为他的局限性，游戏事实上是一种活动形式，是一种具
有意义的社会功能。他无法控制，导致分离、男女不能共
处、循环，这一切无偿地得到确认，保障他典型的表现力。
他的局限性是历史性的：纯粹的浪费，纯粹的自由，他不
作任何结论，他只是宣泄出来；他超乎日常、超乎工作、
超乎需要、经验或典型。他投入于一个他'绝对'专心致

---

①　同上，第119页——原注。

志的临时范围。"① 萨克—马索克在严肃中，在压力下，在
游戏的结束中体会色情。他习惯于"跟他的妻子、朋友、
管家或助产士玩猫捉老鼠，警察抓小偷，等等，他总是被
抓住，于是遭到鞭打、侮辱。这种意识清醒，在总体观点
上得到坚持。它带来两样东西：1）玩；2）被玩，成为某
某的玩具。"② 萨克—马索克还不厌其烦地玩另一个与他的
小说有着更直接关系的游戏：这个游戏在于大声地想象，
不断地重复旺达为"希腊人"而对他不忠。他可以在这种
似睡似醒的状态中坚持好几个小时，想象着有可能回应他
以下广告的人："年轻美貌女子希望结识精力充沛的男子。"
（使用今天的代码风格，就是："年轻男，25 岁，健壮，白
天出门"，"年轻女，美貌，温柔，喜强烈感觉，觅懂得满
足其欲望之男子"，"温顺男觅凶悍女"，"男，40 岁，已
婚，英俊，专制，寻欲望强烈之女"，或是，"男 54 岁，英
俊，有教养，礼貌，欲为'美貌聪明、威严之女'之'女
仆'"。）游戏的绝对性让人理解萨克—马索克体会到的写作
乐趣。旺达在《忏悔》中提到，萨克—马索克总是乐于
"工作"。他描写他的幻想，继续游戏，继续寻欢。在旺达
向我们描述的萨克—马索克生动而挑逗的众多肖像中，我
记住这一幅：打扮成茨冈舞者的萨克—马索克。那是在一
个春天，他们在匈牙利的农村度假。萨克—马索克受到温

---

① 帕斯卡·基纳尔，《结结巴巴的人，论萨克—马索克》，巴黎，法国
信使出版社，1969 年，第 85 页——原注。
② 同上，第 87 页——原注。

柔的空气、芳香，尤其是茨冈的音乐和舞蹈的激励。旺达目瞪口呆（她无法理解萨克—马索克的极大快乐，这与他对死亡的敏锐感觉毫不相称）。"我认不出我的诗人，"她写道，"他仿佛变了样，青春焕发，回到了少年时代。在城里还说没有我的搀扶就不能走路的他，跟孩子们和少女们疯了几个小时，不再需要我。每天晚上，茨冈人带着小提琴来，他们围坐在大厅里的炉子旁，我们跳舞。我不知道我的丈夫跳恰尔达什舞，尤其是用这种方式。"①

萨克—马索克轻描淡写地在日记里写道：星期一，10点至12点：痛苦着。

克拉夫特—埃宾医生

理查德·冯·克拉夫特—埃宾医生 1886 年《性心理病》的发表，对萨克—马索克来说，是卑鄙的一击——这一打击并不来自他乐意接受的人。在此之前，1886 年还显得是美好的一年，因为在这一年，他到巴黎旅行，大受欢迎，得到了荣誉和认可。法国甚至授予他荣誉勋位勋章。作为一个挑剔的作家，一个作品得以阅读、翻译、认可的作家，萨克—马索克被一个自以为可以用他的名字来形容一种变态的心理医生的傲慢激怒了。在《性心理病》的法文版序言中，我们可以看到："性施虐狂（sadisme）一词

---

① 旺达·冯·萨克—马索克，《我的人生忏悔》，第 240 页——原注。

派生于受到贬低的萨德侯爵的名字，他的色情小说充满了贪欲和残酷。性受虐狂（masochisme）一词派生于作家萨克—马索克的名字。"① "派生"一词大大缩水，因为从此以后——对萨德和萨克—马索克都一样的真实——，形容词"性施虐狂"（sadique）和"性受虐狂"（masochiste）将使人把他们作品中人物的行为看作是有病症的、不正常的，怀疑进入他们世界的阅读行为是反常的。他们自己也成了病例。克拉夫特—埃宾的美好道德意识是没有缺陷的："毫无疑问，男人的性需要比女人更强烈。（……）对女人来说，那是另一回事。如果她的思想发育正常，又受到良好的教育，那么她的性欲望是很淡薄的。如果不是这样的话，整个世界都将变成妓院，婚姻和家庭将无法想象。"② 这一宣言还应该用关于女性受虐狂的章节来补充完整，它告诉我们："性受虐狂的某些因素，尤其是从属关系，勉强可以看作是女性身上的病理。"③ 性奴役在女人身上是正常的，但是在男人身上就是一种病。它意味着力量关系和性身份的反自然的颠倒。性受虐狂，这个自愿做"狗一样忠诚的奴隶"的人，是非常女性化的。他加倍地平庸可怜，

① Richard von Krafft-Ebing，《性心理病，适用于医生和法学家的法医学研究》，勒内·罗伯斯坦译，阿尔伯特·莫尔改编，巴黎，Payot 出版社，1950 年，第 142 页。性施虐狂和性受虐狂这两个词与"崇拜主义"或"pagisme"（即被当作仆人对待的乐趣，性受虐狂的分支）按照同样的方式组成——原注。

② 同上，第 24 页——原注。
③ 同上，第 285 页——原注。

一是作为一个（强烈）背叛了他性别的男人，一是作为与
世界性的宣传活动，与以获得幸福、消灭痛苦为目的的现
代文明背道而驰的个人。这个不算男人的男人声称：我喜
欢痛苦。"正常的文明人"（克拉夫特—埃宾）厌恶地冷笑。
如果性受虐狂一意孤行，那么把他关起来，事情就解决了。
克拉夫特—埃宾在介绍病例时，根据"反常本能的强烈程
度和反道德与反美学动机的力量，从最令人厌恶、最可怕
的行为，逐级过渡到最愚蠢可笑的。"① 这些病例通过一定
的距离得到观察，这一距离设置了将正常人与不正常的人，
将医生与病人分开的不可逾越的栅栏。正是像萨德、萨
克—马索克一样集"反常本能"和"美学力量"于一身的
作家，才能进行这项分类的、去人性的沉重工作，但是，
从定义上来说，这是不可能的事情。对通常被认为退化的、
有缺陷的病人完全缺乏热情，与对"格外贫乏的"色情文
学总体的蔑视，是相辅而行的。在评价克拉夫特—埃宾列
举的性受虐狂和性施虐狂的病例时，阿尔伯特·莫尔写道：
"在色情文学里，俱乐部扮演着一个显著的角色，在俱乐部
里，参加者因为他们的不正常，尤其是因为对鞭刑的癖好，
也因为对受虐和施虐的性行为的需要而联系在一起。事情
介绍的方式，让人以为这些俱乐部存在着，或曾经存在过。
尽管我夜间努力地寻找，从来没有发现这一方面有任何积

---

① 同上，第236页。从旁观的角度来看，性受虐狂行为的愚蠢可笑一
目了然。但是不是真的所有的性场景都让我们无动于衷？——原注。

极的意义（……）幸运的是，我们还没有到性施虐狂和性
受虐狂可以像同性恋那样'组织'起来，到处传播反常的
地步。"① 在严格的科学伪客观下，显露出战争的格局。不
仅正常人不愿与不正常的人有任何共同点，而且，声称要
治好他们，实际上，是想消灭他们。

德勒兹②与马索克

奇怪的是，作为 1972 年与费利克斯·加塔里③共同撰写
反对文章《反俄狄浦斯》的思想家，吉尔·德勒兹几年前对
萨克—马索克的介绍，单独地继续进行精神病学和精神分析
的研究。德勒兹全身心投入，将萨德和萨克—马索克赞誉为
临床医生。也许应该加以区分地看到，"马索克是比萨德走
得更远的临床医生。"④ "马索克"，这是哲学家用来称呼雷奥
波德的唯一形式，根据翻转删除的方式，将他尽管还起指称
作用的反常名字，进行派生。仿佛一切都从男爵克拉夫特—
埃宾的命名行为开始。马索克主义，马索克便由此而来……
另外，德勒兹把以一个作家的名字来命名某种反常行为，看
作一件积极的事，文学的一个胜利："文学有什么用？萨德

---

① 同上，第 266 页——原注。
② Deleuze（1925—1995），法国哲学家。
③ Félix Guattari（1930—1992），法国精神分析学家。
④ 吉尔·德勒兹，《萨克—马索克简介》，附《穿裘皮大衣的维纳斯》
全文，由奥德·维尔姆译自德文，巴黎，子夜出版社，2000 年，1967 年第 1
版，第 51 页——原注。

和马萨克的名字至少用来命名两种基本的反常行为。这是文学效应的神奇典型。在哪个方面？有时候，可以用典型病人的名字来命名疾病。但是，更常见的是，因此用医生的名字来命名疾病。"① 德勒兹的讨论与批评旨在得到更加精确的诊断，在他看来，现有的诊断没有进行"真正的区分"。德勒兹没有回到克拉夫特—埃宾建立的性施虐狂和性受虐狂之间彻底的但是过于简单的区分，而是反对哈夫洛克·埃利斯②后来进行的合并，即性施虐狂与性受虐狂是不可分割的，相互补充的。德勒兹拒绝性施虐—受虐狂的"符号怪物"："性施虐狂和性受虐狂不是分别由局部冲动构成的，而是具有完整的形象。"③ 德勒兹将向我们描述它们相互独立的形象，从性施虐狂和性受虐狂的"综合病症"得到了两个不同的故事。他列举出截然不同的症状，它们构成了 11 种可能："1. 性施虐狂的思辨论证能力，性受虐狂的辩证想象能力；2. 性施虐狂的负面和否定，性受虐狂的否认和中止；3. 量的重复，质的悬念；4. 适宜于性施虐狂的性受虐狂，适宜于性受虐狂的性施虐狂，两者永远不结合起来；5. 性施虐狂对母亲的否定，对父亲的夸大；性受虐狂对母亲的否认，对父亲的摧毁；6. 在两种情况下，角色与偶像崇拜感的对立；对于幻想也一样；7. 性施虐狂的反美学主义，性受虐狂的美学主义；8. 前者的"制度"感，后者的合约感；9. 性施虐狂的

---

① 同上，第 15 页——原注。

② Havelock Ellis（1859—1939），英国心理学家。

③ 吉尔·德勒兹，《萨克—马索克简介》，第 60 页——原注。

超我与认同，性受虐狂的自我与理想化；10. 去性感化和恢复性感化的两种对立形式；11. 作为总结，性施虐狂的冷漠和性受虐狂的冷淡之间的根本区别。"①

这位科学家素来不怎么倾向于说话含糊不清，也不允许混淆医生与病人的目光，从他言论的突出观点来看，他显然是有道理的。无论如何，精神分析学的作用之一就在于此……而对于文学，它没有实用的企图。这也许是一种局限，但是它奇怪的无限权力也在其中。根据不同的作家和我们生活中的不同时刻，某本书，某个情景，将我们从与我们的幻想那孤独而焦虑的对抗中拯救出来。我读一本小说，其中的句子，让我看到自己做一些我以前不敢做的动作，听到以前我觉得怪诞的愿望正在形成。在正常与不正常之间的严格交替中，我补充进"超正常"（阿尔托②）的方式。世界与它的快乐资源在减少。我打开《穿裘皮大衣的维纳斯》。我忽而是萨乌宁，忽而是旺达，忽而是他的一个女黑奴。我跟着他一起颤抖，在他女主人的房门前因害羞而出汗；但是，一跨过门槛，我就成了旺达，在房间深处偷窥着他。我身材高挑，美丽出众，浅黄褐色的头发，戴着手套的指间，拿着一根鞭子。萨乌宁在幽暗中看不清我，但是听到鞭子声，他跪下来，就这样慢慢地、笨拙地

---

① 同上，第 115 页——原注。
② Antonin Artaud（1896—1948），法国作家。

在厚厚的地毯上向前爬。他让我兴奋，又让我可怜。我想
到了一个俄罗斯朝圣者，在雪地里向着他的偶像匍匐前
进……我不着急，有的是时间。我随心所欲地一个片断一
个片断地重写完整的作品，萨克—马索克、萨德、热
内……他们启发了我享乐的自由：他们正是为此而受尽
了苦。

痛苦的愿望

不幸让人变得崇高，也激励人行动。尤其是民众的不幸。人们可以将它转化为一项事业——自己的事业。尽管不承认，受苦的愿望，也许在许多年轻人身上，是他们表明立场、加入人道主义斗争的动力。

尼采怀疑他们没有任何亲身体验，既体验不到不幸，也体验不到真正的幸福。

在这里，痛苦召唤殉道者，不是对神秘主义的极度颂扬，而是加重生命的分量，给予它存在的理由和社会性的理由。痛苦让你安顿。

> 我之所以想不断地刺激、鼓励上百万再也容忍不了这烦恼也容忍不了自己的欧洲青年们去做点什么事情，是因为我意识到，他们心里肯定有忍受某种痛苦的愿望，以便从他们的痛苦中获得

一个说得过去的理由，去行动，去完成一项壮举。悲痛是必须的！于是便有了政客们的吵吵嚷嚷，于是所有的社会阶层里便有了大量虚假的、伪造的、夸张的"悲痛处境"，以及预备去相信盲目的好意。这些年轻人要求人们带给他们，或让他们从外界看到的，不是幸福，而是不幸。他们的想象力事先已经忙于造一个怪兽出来，以便接下来能够与怪兽斗争。如果这些渴望悲痛的人能够在他们身上感到有益于他们内心的、为他们自己做点事情的力量，他们也能够从自己的内心得到特有的、完全属于个人的悲痛。于是他们的发明会更美妙，他们的满意听上去就像是美丽的音乐：而如今，他们让世界充斥着他们悲痛的喊声，因此，太多的伤感！他们不知道该拿自己怎么办，于是，他们用别人的不幸来冒险试试：他们总是离不开别人！——对不起，我的朋友们，我斗胆诱惑魔鬼来谈谈我的幸福。①

---

①　尼采，《快乐的科学》，帕特里克·沃尔林译，巴黎，Flammarion出版社，1997年——原注。

地　狱

当他的家庭史上溯到蒙昧时代，当他的名字引起的共鸣，神秘到一个具体的主题不能单独担当时，该如何来讲述他的家庭史？一直生活在匈牙利，目前住在布达佩斯的彼特·艾斯特哈兹①，就遇到了这个问题。结果就是：一部由明显不对称的，却又互相呼应的两部分组成的巨著。两部分，或两本书，题目分别为：《艾斯特哈兹家族编号的句子》和《艾斯特哈兹一家的忏悔》。

《天伦之乐》是对内心的再度占有。一个对过去的奇妙思考——重温过去，即重新创造过去的极其重要性。"存在，就是为自己制造过去，"彼特·艾斯特哈兹证实道。

在对过去的制造中，"我的父亲"一词，缺乏更多的细节，对应于几个世纪以来——以及梦想中的艾斯特哈兹家

① Péter Esterházy（1950—　），匈牙利作家。

族的男性成员。

　　我的父亲，一位黑衣骑士，披着黑色的盔甲，站在地狱城堡的门口。城堡的墙壁是黑色的，巨大的主塔是血红色的。门前喷射着白色的火焰，就像直耸云霄的火柱。他（我的父亲）穿过火焰，穿过城堡的院子，爬上楼梯。迷宫一样的房间出现在他面前。他的脚步声撞击在墙壁的石头上，独自打破了死一般的沉寂。最后，他推开一扇门，门上面的石头上刻着一只红色的蜗牛。他走进塔里的一个圆形的房间。房间里没有窗户，但是却能感觉出百年墙壁的厚度。没有点一盏灯，然而一道没有影子的奇怪光线却照亮了整个房间。一张桌子旁坐着两个年轻女子，一个是金发的，另一个是黑发的，还有一个女人。尽管这三个人长得并不像，但无疑是母女。在黑发女子面前，一堆用来打马掌的长钉子在桌上闪着光。她仔细地一根一根拿起来，摸摸钉尖，然后把它们扎进金发女子的脸上，四肢上，胸上。金发女子一动不动，一言不发。突然，黑发女子撩起金发女子的裙子，我的父亲看到受伤的大腿和肚子成了血红的伤口。这些无声无息的动作，慢得不同寻常，仿佛一个秘密的机制阻碍了分针的行进。坐在女儿对面的女人，也一言不发，一动不动。她像乡村画上的那些圣人，戴着一颗用红纸剪的巨大的心，盖住了整个胸部。我父亲惊恐地发现，每扎进一根钉子，那颗心就像加热至白热状态的铁一样变白。他再也受不了了，他向出口跑去；用挂锁锁上的门反过来一扇扇在他面前掠过。于是他明白了：在每一扇门背后，从塔里的阁楼到地窖，到处都在实施酷刑，人类从来没见过的酷刑。我父亲说，我走进了痛苦那神秘的城堡，但是它的第一个画面已经叫我受不了。①

---

①　彼特·艾斯特哈兹，《天伦之乐》，若埃尔·杜夫伊和阿涅斯·雅尔法兹译自匈牙利文，巴黎，伽利玛出版社，2001 年——原注。

狂　热

想起你的责备，
是我生活中唯一的安慰方式：
它减轻我在狱中的痛苦，
它组成我在世上的所有快乐，
我珍惜它胜过生命。

——萨德
（致萨德夫人的信）

1763 年，萨德侯爵第一次因极度性放荡被捕。1768年，他在与露丝·科雷的丑闻（鞭打与辱骂）之后，又以同样的罪名被关押。四年后，又是马赛妓女案（鞭打、鸡奸、被指控投毒谋杀）。萨德逃到意大利，跟他的小姨子一起旅行。回到法国后，又因一系列新的丑闻，他受到家人申请的一个密封令的追踪。1778 年夏天，他在自己的拉科斯特城堡里被捕。对于这一次的被捕，他再也无能为力。他在万森被囚禁了十二年，尔后到了巴士底狱，直到大革命才被释放。在恐怖时期，他又进了监狱。最后，1801年，在执政府时期，因其作品伤风败俗而被捕，他被关押在圣·佩拉热监狱、毕塞特监狱，后来到了夏朗通收容所，在那里度过了他人生的最后十年。因此，他的一生都受到

惩罚，穿插了少有的自由。"我生命中的暂息太短，"萨德
写道，这也就为他的不幸承认了，他度过的时光真正是由
监狱里的岁月构成的。

对萨德而言，监狱不是抽象的惩罚，他的思想不属
于理性年代。主持拷问与示众的直接的、肉体的、陈旧
的暴行，继续下去。囚犯萨德浑身都在受苦。他身体的
每一个部分都受到折磨。他感觉自己，也宣称自己被
"零星地谋杀"。也许是因为拉科斯特的城堡，普罗旺斯
的土地，给了他独立体的美妙（又十分迷惑人的）想法，
与之完全对立的监狱，对他来说是一种不可饶恕的折磨，
日复一日，夜复一夜……侯爵离开了城堡，被扔进了监
狱，他胡作非为，最后进了万森监狱和巴士底狱，在那
里，他看到自己手脚被铐在一起，当作牺牲品献给了
"野蛮愚蠢"的刽子手。

萨德逐渐地向他的妻子，他与人世之间唯一的中间人，
列举他所忍受的一切，因为他所受的教育和他的贵族习惯
没有让他做好准备，所以他更加尖锐地感受到痛苦。萨德
什么都不会做。他实在是笨手笨脚。没有仆人，他手足无
措。"我绝对不能自己服侍自己。有一半时间，我缺少我需
要的东西。我打破、弄碎我所有的物品，我无时无刻不是
个废人。"① 笨手笨脚，一部分是因为他糟糕的视力，一部

---

① 萨德侯爵，《致妻子的信》，马克·布发选注、作序，巴黎，Babel 出
版社，1997 年，1783 年 2 月 13 日的信，第 351 页——原注。

分是因为他对物质生活的无知。在他那个等级森严的世界
里，根据他那个时代相对过时的刻板和傲慢，他对所有涉
及到物品的东西一窍不通。他不能一个人吃饭。从实践角
度来说，是因为他等着被人侍候。从精神角度来说，是因
为他想象不出没有对话的一顿饭。同样，他生病的时候，
想象不出没人守在他床头，更想象不出人们给他送来的，
不是一个女人，而是一个男人。在每一个日常情节中，他
都要依赖于看守们的意愿，或他们收到的关于他的命令。
萨德夫人清楚这种依赖状态，以及由此导致的她丈夫的不
幸，鼓励他要表现谨慎。"依赖"一词立即让萨德生气了：
"我只从属于国王，不认识国王以外的主人，准备好向他献
出一千次生命，一千次鲜血，只要他愿意。但是，在他之
下，我不知道任何从属关系，因为在他、他的王子们和我
之间，我只看到比我低的人，我不欠我的下级任何
东西。"①

　　侯爵没有任何距离或保护策略，也不会使用任何无动
于衷的办法。每次生气，每次受到阻止，他就喊叫，哀求，
咆哮。他真正是一个令人满意的受害者。他不只是对一丁
点儿的病症（"我生病的时候，敏感、头晕、不安！"②）异
常敏感，而且对一切都异常敏感。萨德热衷于受苦，根本
不打算对其加以任何限制。冬天寒冷，夏天酷热；壁炉让

---

① 　同上，1782 年 5 月 10 日的信，第 319—320 页——原注。
② 　同上，1782 年 5 月 10 日的信，第 319—320 页——原注。

他不舒服；肮脏，小老鼠，大耗子（经常在跟看守发生口角之后，作为惩罚，没人来他那里打扫）；拒绝散步权，随之而来的便是折磨：偏头痛、胃痛、肥胖；还有痛苦的眼睛问题。这一切构成他每日肉体上的痛苦，他把它理解为既是隐居状态的逻辑结果，又是他的岳母——蒙特勒伊的女主席，将他关押起来的主谋——挖空心思想出来的一系列酷刑。这个女刽子手，"恐怖的巫婆"，绞尽脑汁让他尝受新的痛苦，由她"卑鄙的代表"万森监狱和巴士底狱的"人员"亲手惩罚。降临在萨德身上的一切都不是偶然的。因此，侯爵因他的眼病指控一个看守收了蒙特勒伊女主席的钱，阴险地朝他扔了某种有毒的粉。

　　监狱彻底毁坏了他的健康，也影响了他的思想。后者比前者更可怕：它差一点将他逼疯。因密封令被捕，萨德显然没有律师，也不知道何时出狱，他的家庭决定暂缓出狱日期。在这种无知等待的焦虑中，萨德不断地寻找"信号"。他逐字逐句地破解，处处看到指示他出狱日期的数字。在人们给他带来的物品里，它们的数量、名字，尤其是在他妻子写给他的信里，他在近乎发狂的状态下去破译这些信。他到了一看到妻子的笔迹，就产生"悲哀的变革"的地步，他感觉到，从一封信到另一封信，从虚假的承诺到模糊的信号，她不断地"搅动伤口"。她的信具有"锋利的角"，让他流血。

　　"信号的折磨"，有时候妨碍他去想任何别的事情，花费了他的大量脑力。这也迫使他看到萨德夫人有可能是她母亲蒙特勒伊夫人的同盟，因此，也就是他最恶劣的敌人。
在那样的时刻，萨德昏头转向。缺乏外界的支持，他只看
到错综复杂的数字向他重复道：你将永远孤身一人，这间
牢房就是你的坟墓。在侯爵焦躁不安的思想里，存在着两
个彻底对立的萨德夫人：一个善良，乐于效劳，能够牺牲
自己的一切来满足他（只要想想她向工匠解释应该如何制
作满足她丈夫乐趣必不可缺的人造阴茎）；另一个虚伪，爱
操纵别人，懦弱，屈服于其母的命令："我完全坚信，夫
人，我完全坚信您卑鄙的奸诈和地狱里丑陋的刽子手们的
可耻，而您愚蠢地让他们驾驭着您。这可真是立竿见影。
我胸膛里破裂过的血管又打开了，我更加厉害地吐血。"①
一个衣着端庄，甚至庄严朴素，另一个穿得像戏子，露出
乳房，忘记自己作为囚犯的妻子近于寡居的身份。

　　他向萨德夫人表露："啊！我的上帝，您让我多么痛
苦！您的折磨真是挖空心思，卑鄙恶毒，"或是，"您是折
磨我的刑具"。她不断地出现在他梦中，他总是看到她正在
伙同他人欺骗他。他那个夜间版本的妻子格外的放荡……
朱斯蒂娜和朱丽叶不过是萨德夫人分化出来的同一个女人。
在侯爵的思想里，那位贞洁的妻子，忠心耿耿的、自我牺
牲的同盟，具有狡猾、堕落的另一面。萨德因嫉妒而愤怒。
他向妻子的画像报复，将它们弄脏，将它们撕碎。放荡、
暴戾的萨德夫人具有监狱酷刑本身的意义，因为监狱里的

---

　　①　同上，1779 年 11 月 1 日的信，第 116—117 页——原注。

第一个条款就是性的剥夺。

对萨德而言，针对其过错的牢狱惩罚，加上监狱里所有的其他肉体折磨，首先等同于禁欲的折磨。禁欲，正如同缺乏自由，不是一种节制的惩罚，一种剥夺，而是一种积极的惩罚，对他的身心的全面折磨，具有破坏力的强迫。萨德幽默地提出与有效的惩罚完全相反的想法——因快乐过度而腻烦："如果让我来治疗六号①牢房里的那位先生，我将采用截然不同的方式，我不会把他跟吃人肉的人禁闭在一起，而是把他跟女孩们关在一起；我给他提供的女孩数量之多，如果他呆了七年之后，灯里的油还没有耗尽，那就让我见鬼去吧！"②

蒙特勒伊夫人选择了相反的方法，没有取得任何效果。年复一年，萨德一直没有习惯于监狱的抑郁，显得无可救药。

萨德从来没有因法律或司法或其他任何无名的机构，遭遇受苦的处境，而是因为一个女人的残酷思想。他受到的折磨是为了让某个人得到快乐，要点燃她的性幻想，让性幻想在她的精神领域里占有一席之地。但是这位女主席远不是一个十足的性放荡者。萨德，她的受害者，在小说里提供了那么多的大恶棍的罪恶典型，她要是内心过于贫

---

① 萨德在巴士底狱的牢房号码——原注。
② 萨德侯爵，《致妻子的信》，1783 年 7 月的信，第 391 页——原注。

乏的话，可以从中找到灵感。这位女主席仅能够反应性地
使他遭受痛苦，以保护自己，保护她家庭的经济利益——
尽管她借蔑视道德的名义，借善的名义惩罚萨德。她也许
受到某个淫荡火星的激励，表现就是她从侯爵的痛苦中得
到快乐，但是她顾虑重重，畏首畏尾，又恶意地不肯承认。
正是这一点让萨德最为气恼：他的岳母任何时候都不肯承
认，得知他正在受苦让她快乐。

　　萨德的小说用我们只在神秘主义作品里才找得到的丰
富的细节、想象和精湛的技巧，展现了令人快乐的痛苦。
男女性放荡者，与蒙特勒伊夫人相反，不停地陈述他们制
造痛苦的快乐。落入他们手中的受害者，忍受所有可能的
酷刑，但是依据移动的分界线，因为，没有任何局限的性
放荡者，有可能去尝试受害者的角色。

　　痛苦的变化、流动，与冷酷与火热之间的亲密而粗暴
的默契。性放荡者想得到受害者的位置，因为他想变成气
喘吁吁、哭着哀求的对象，纯粹的猎物。为了符合快乐的
深刻真理，即让我们失去自我，将我们置于快乐形成的时
间之外，以及漠视世上其余一切的范围里。

　　在读到萨德侯爵的通信时，我们理解到，在允许好奇
地尝试一切的萨德式性放荡者，不局限于让他人痛苦的角
色的自由之外，他突出的色情幻想创造力属于能够忍受剧
痛同时又迷恋快乐的特殊体质。侯爵善于忍受痛苦，可以
说他懂得安排自己的生活，没有漏掉一丝不幸。他在监狱

度过的二十年里，像一个下地狱的人一样受着煎熬，但却是一个毫不悔过的下地狱者，虽然因过错吃苦，却为此感到骄傲，不停地设想着还没有犯过的错。他在监狱里的时间，用来写作，反对刽子手的道德，而他将作为囚犯的痛苦，转化成性放荡的想法。因此，萨德在监狱里反复抱怨的是，缺乏空气，要求散步的权利，这在《索多玛120天》里变成了："人们用一台空气机任意地取走或还给他空气。"① 另外，他眼睛疼痛，害怕失明，但是同时，他又在快乐的画面中看到了惊人的立体感。他立即写信给他妻子："我总是听说，假装的感觉让想象的力量增加三倍，我体会到了这一点。这让我发明了一个奇特的享乐规则。也就是说，我确信，人们每次想快乐的时候，通过缓和一种或两种感觉，甚至更多，能够让做爱的乐趣达到可能的最高等级。"②

萨德决定了自己的命运，受到不公正惩罚的受害者的命运——像他自己强调的那样，在任何政治制度下都是如此——他这个受害者没有屈服，也没有忏悔，日后继续招来惩罚与责备——永远如此。萨德坚持他对恶的想法，就像他的女主人公朱斯蒂娜坚持她对善的想法。他以圣徒的形象扮演了对快乐的激情，将自己看作是顽固的性放荡者，

---

① 萨德，《全集》第一卷，米歇尔·德龙作序并注解，伽利玛出版社，《七星文丛》，1990年，第337页——原注。
② 萨德侯爵，《致妻子的信》，1783年4月的信，第369页——原注。

他写信给妻子："真的，有些人深深地陷入恶中，不幸地发现其中巨大的魅力，以至于最轻微的回归对他们来说都是很痛苦的。（……）恶随后带来的所有的担心，所有的烦恼，所有的忧虑，对他们来说远不是折磨，相反是享乐。就像是我们爱着的严厉的女主人：要是不能为她而受苦，我们会很难过。是的，上帝作证！我的美人，我认识这样的人。"①

神秘主义大师埃克哈特②使用了上帝—痛苦（Dieu-Douleur）的表达方式，萨德本应该能够缔造出上帝—快乐（Dieu-Plaisir）的表达方式，为了保护这个上帝，他愿意忍受一切，献出生命：他就是这样做的。

---

① 同上，1783 年 4 月的信，第 392—393 页——原注。
② Eckhart（1260—1327），德意志神秘主义哲学家。

崩　溃

接着，我醉了好几年，

接着，我死了。

——斯科特·菲兹杰拉德①

　　1936 年，在《君子》的主编阿诺德·金格里奇问他为什么不再寄文章给杂志的时候，斯科特·菲兹杰拉德回答说："因为我不能再写文章了。"金格里奇不死心，让他至少写他的才思枯竭。斯科特·菲兹杰拉德付诸于行动，写出了短文《崩溃》，文章的第一个句子就令人目瞪口呆："整个生命显然是一个毁灭的过程。""发展"的规律不愿意遭到这一行为的修改，斯科特·菲兹杰拉德分得清外来的打击——随时都可能掉在我们头上的瓦片——和内在的打击。《崩溃》展现的是内在的打击。与外在打击不同的是，它们行动起来悄无声息，不能作为交谈的题材。我们不向任何人提起，原因就在于我们自己压根没有意识到它们的存在。它们的特点就是打起来毫不疼痛，这是整个情境中

----

① F. Scott Fitzgerald (1896—1940)，美国作家。

最可怕的一点。我们在不知不觉中被判了缓期。甚至在外来的打击碰撞、破坏的同时，生命继续它惯有的节奏。1920 年，二十四岁的斯科特·菲兹杰拉德就凭《天堂的另一面》出名。他也是在这一时期与泽尔达结婚。一段狂欢的时光："我记得有一天，我坐在出租车里，在粉紫色的天空下穿过一座座高楼；我用力大吼，因为我终于拥有了我想要的一切，我知道我永远都不会像现在一样快乐。"他继续繁忙的节奏。他旅行，工作（或试着工作），出书，接受采访，活动频繁，酒喝得更多。这种快节奏的、令人精神失常的音乐般的自杀速度，既（或更多地）来自于泽尔达，也来自于他自己。这样的节奏不容休息片刻，但是斯科特·菲兹杰拉德突然感到了巨大的疲劳，以及独处的需要。表面上看来有益的休息：他睡觉、休息、恢复活力，正是在此时（也许是因为他恢复了活力），他受到沉重打击，确信自己完了，而且已经有一段时间了。他"像一只旧盘子一样裂开了"。正好报废。他与周围的人的关系不复存在，他的才能储备已经干涸。还不到四十岁的作家崩溃了："我怀里抱紧一只枕头，在寂寞中度过一个小时后就足以意识到，这两年来，生活对我来说就是抽取我并不拥有的资源，我整个人从肉体上和精神上都被抵押了。（……）我意识到，在这两年中，为了保留某种东西——也许是内心的沉默，也许不是——，我丧失了所有我爱的东西，从今以后，生活中的任何行为，早上刷牙，晚上和朋友一起吃饭，都需要我努力。我发现，很久以来，我不再爱什么人，也不再爱什么东西，但是我继续勉强地、机械地假装爱他们。"① 突如其来的灾难无可挽回。斯科特·菲兹杰拉德将忍受穿越长长的沙漠般的痛苦——他生命里的余年。但是他拥有什么样的能量？他自己的能量？他已经没有了。他已经耗尽了一切。他透支了自己的资源。别人的能量？不可能！生活的愿望无法传递。在与一位备受挫折却百折不挠的女友交谈时，斯科特·菲兹杰拉德指出："在自然界的所有力量中，生命力是最无法传递的。（……）我们要么有，要么没有，就像我们身体健康，或有着栗色的眼睛，或有着荣誉，或有着男中音的嗓音。"②

自传性文章《崩溃》的发表引起哗然。接近他的作家，如海明威，不能原谅他如此袒露他的失败，他的编辑指责他公开揭露自己创作力枯竭，这贬低了他的商业价值，但是也许正是这种坦白的勇气，让他获得了创作最后一部杰作《最后一个富商》的力量。一边要帮助得了精神分裂症的泽尔达，一边徒劳地试图少喝点酒。一点都不喝，菲兹杰拉德是做不到的——对他来说，写作与酒精是相连的。他于是试着作弊，比如用葡萄酒或啤酒代替杜松子酒，或是给自己强制规定：比如，每隔一小时只能喝一口杜松子酒！

---

① F. 斯科特·菲兹杰拉德，《崩溃》，苏珊娜·玛佑、多米尼克·奥利译，巴黎，伽利玛出版社，Folio，1998年，第480页——原注。

② 同上，第483页——原注。

契撒雷·帕维瑟的日记可以证明，在他经过思考的、逐渐走向自杀的历程中，我们发现，与所爱的女人的分手，被反复地描述、分析、评论、思索、哭泣、抽噎。日记整体上倾向于将这种抛弃表现为诱因，最糟糕的预感中受到怀疑的预示事件："暗中最受怀疑的事情总会发生。我写下：你呀，发发慈悲吧。然后呢?"最后的不幸将有着致命的模样，我们已经见过它决定性的轮廓，它在路的尽头监视着我们。但是尽管我们对它感到奇怪的熟悉，它属于将来。

然而，在《生活的职业》的开头，帕维瑟指出了另一种不幸，逃避所有的预感，不能在当时被记录下来。它就是内在的灾难，就像对斯科特·菲兹杰拉德那样，只在事后才被意识到。帕维瑟写道（1935 年 10 月）："我的生命储备被我的作品消耗得干干净净的那一天到来了，我觉得我的作品只不过是马虎的修改和矫揉造作。"①　十多年以后，他又对自己写道："你没了内在的生活。或者更确切地说，你的内在生活是客观的，就是你的工作（校样、书信、章节、演讲）。这太可怕了。你不再犹豫，不再害怕，不再惊讶。你正在变得冷酷。"②（1949 年 9 月 30 日）。创作源泉的枯竭，内在生活的消失，可以用一种明显的方式来表述：我不能再写了，但也可以反过来表述——这更多的是在毁

①　契撒雷·帕维瑟，《生活的职业》，米歇尔·阿尔诺译自意大利文，巴黎，伽利玛出版社，Folio，1995 年，第 14 页——原注。

②　同上，第 437 页——原注。

灭的过程中，到了遭受阴险打击的阶段——我什么都能写，我感觉不到任何困难。极度容易与不能写作一样对应于死亡，但是，与后者不同的是，它不与虚无面对面，而是采取机械的重复，在安排好的提纲上动手脚，热衷于过时的风格。作家滑稽地自己模仿自己，改动场景与情节，重新回到一个死去的主题，好几光年以前就已经熄灭的感觉。

固定观念

奇怪的是，在悲伤和它的眼泪实验室的范畴里，加上痛苦的理由，会减轻痛苦。对痛苦的固定观念是最糟糕的。帕维瑟作为行家以及精炼的分析家，注意到精神上的痛苦其实由多种思想构成（其中，有一种思想无疑比其他思想更活跃，更有撞击力）。他建议，在痛苦发作期，当痛苦攻击节奏过快时，为了获得让自己镇静下来的间隙，应该改变接触点。

痛苦根本不是一种特权，不是贵族的标志，上帝的纪念品。痛苦是兽性的、野蛮的、平凡的，像空气一样免费、自然。它是摸不着的，避开所有的接触和所有的斗争；它存在于时间里，是与时间一样的东西；如果它会惊跳、会吼叫，只是为了让受苦的人在接下来的时刻，在重新品味以

前的折磨，等待下一个折磨的漫长时刻里变得更
加无助。这种惊跳并不是本义上的痛苦，而是神
经制作出来的片刻的生命力，以便能感受到真正
的痛苦的延续时间，枯燥的、恼人的、无止无尽
的痛苦时间的长度。受苦的人总是处于等待的状
态——等待着惊跳，等待着新的惊跳。直到人们
更倾向于吼叫，而非等待的那一刻的到来。人们
毫无必要地吼叫的时刻终于到来，以终止时间的
流淌，感觉到发生了什么事情，兽性的痛苦的永
恒暂时中断了——哪怕这是为了让痛苦变得更
强烈。

　　有时候，你会怀疑死亡——地狱——依然还
是没有惊跳、没有声息、没有时刻的痛苦的流淌，
具有全部的时间与永恒，无休无止，就像血流淌
在永生的躯体里。①

帕维瑟在这里所说的是抛弃和背叛的痛苦，他在日记
里对痛苦进行思考时，指的也几乎总是同一种情况。他把
自己表现为一个受骗的情人，对他来说，这种伤害是难以
忍受的。因为这不是第一次，重复增加了"挨打"或"被
咬"的痛苦的强烈程度，因为抛弃他的那个女人的个性在

_____

　　① 契撒雷·帕维瑟，《生活的职业》，米歇尔·阿尔诺译自意大利文，
巴黎，伽利玛出版社，Folio，1995年——原注。

酷刑的效力上起了作用。或者，在这种情况下，他在让他
痛苦的那个女人的拒绝中，在她更喜欢另一个男人而不是
他的方式里，看到了价值的判断——或更确切地说，看到
了他自己的无价值。她离开他，就意味着他缺乏男子气概。

我们不能通过背叛加入爱情痛苦的行列。我们抗争着。
我们努力减轻折磨。我们自我安慰说会过去的，或者这样
说，却不期待任何安慰，因为我们其实知道已经无可挽回，
我们最终得到的是抛弃。除非出现在一个神秘星球上（在
那里既不去寻找自己的模样，也不去认识自己），爱心上人
的一切，包括他（她）的拒绝。这就是朱丽·德·雷比纳
斯通过彻底的谦卑所达到的高度。她不仅不批评吉伯尔先
生的轻浮，也从来没有想过要满口评论反对男人。帕维瑟
却不同，也许是为了给自己在痛苦的打击中一点勇气，他
有时候用鄙视女人的句子来鼓舞自己的斗志，比如："一个
不是笨蛋的女人早晚会遇到一个人渣，并试图去拯救他。
她偶尔会成功。但是一个不是笨蛋的女人早晚会遇到一个
健全的男人，并使他沦为垃圾。她总是能成功。"

朱丽·德·雷比纳斯最谨慎的，就是不让另一种痛苦
分散注意力，不分裂她对爱人的想法——不管这种想法有
多么痛苦。她希望她的痛苦是唯一的，就像她选择爱的那
个人在她眼里是独一无二，不可比拟的。悲剧性地接受被
刻意看作无法妥协的、毫无报复色彩的唯一的痛苦，这在

被叛的痛苦中是罕见的。用死亡来解决更容易被理解。我们不愿意得到安慰。我们被陈词滥调激怒了，它们说死亡毕竟是有好处的（结束某种疾病的折磨），或者是所有无法避免的方式的出路（当一个人因过于年老而去世）。那些向我们许诺时间会缓和一切的人让我们提前脸色发白——哀伤是一种人尽皆知的劳作。我们有时候甚至会发现，多年之后，我们的思想或我们的记忆没有淡化，我们是对的，这种爱是无法替代的。

童年的书

在我小的时候，我有很多藏身之处。我能在沙滩上躲到小船的后面。在花园里，我有我的小屋。其实——魔力无处不在——我只要打开一本书。不是我消失不见了，而是世界消失在我眼里。从安静的效果来说，这是一样的。当我们将书本打开一半，书背朝上，它们形成的小小的屋顶，是最安全的藏身之处。我的书不多。它们的特殊之处，就是每一本都有绝对的特点，放在一起，向我描绘出一连串痛苦的方式。

通过鞭子，通过塞古尔伯爵夫人①展现的俄罗斯式的教育方式。它们对我有催眠作用。我感到自己的眼睛睁大，一阵麻木向我袭来。我反复读着费吉尼夫人②粗暴对待索

---

① 塞古尔伯爵夫人（Sophie Ségur，1799—1874），莫斯科总督罗斯托普金之女，后嫁与法国的塞古尔伯爵，50岁起开始写儿童故事。
② 塞古尔伯爵夫人的小说《模范小女孩》中索菲的后母。

菲的情节。我首先将索菲穿过弗勒维尔夫人①掌管的空间
理解为宽慰，接着又理解为更大的焦虑。我穿过花园，进
入城堡。我看到了饭厅，用来交谈的客厅，祖先们的书房，
卡米拉和玛德莱娜②的房间，她们的自修室……一切都让
我感到不自在。当我推开处罚室的门，桌上空空如也，只
有一瓶墨水、一支蘸水笔、一本《基督徒的一天》，要我抄
写十遍、二十遍、三十遍里面的《我们在天上的父》，我就
明白了……我从鞭打的火辣和任意的恶毒过渡到了惩罚与
奖励的细致的系统。卡米拉和玛德莱娜是顺从的典型。她
们猜得到命令，在命令还没有下达之前就去执行。她们的
母亲夺走了她们任何的反抗气息，以及最微弱的怒火。弗
勒维尔夫人的手套、帽子、微笑和优雅举止，让我不寒而
栗。她是世上所有学校女教师的统帅，眼睛无时无刻不盯
着操场。

"哪个更好，是鞭子还是处罚室？我们憎恨的虐待子女
的后母，还是将你折磨得筋疲力尽的好人？不，但是，哪
个更好？"迷失在森林里的索菲哭着。

通过我们在（约翰娜·施皮里③创作的）海蒂的奇遇
里所喜爱上的孤独与困苦。她离开了爷爷、瑞士的山脉、
高山牧场，被迫生活在城里。当人们打开窗户，看到的只

---

① 《模范小女孩》中玛德莱娜与卡米拉的母亲。
② 《模范小女孩》中的两位主人公，也是索菲·塞古尔的孙女。
③ Johanna Spyri（1827—1901），瑞士女作家。

有石头的房子。海蒂的命运让我心碎，我想象着自己被迫
到远离大海的地方生活，我会因此窒息。

　　通过《古拉，丘陵的女儿》（马尔塔·桑德维尔—
贝格斯特姆①）里的贫困、社会的衰退、酗酒的危害。
这个故事，有着梵高年轻时所画的土豆田的色彩，与同
样发表在红色与金色文库里的《贝拉，丛林里的女孩》
（詹姆士·肖）极为相似。贝拉，像古拉一样，是不幸
的：她遭到诅咒，被从部落里驱赶出去。她在丛林里与
野兽为伴，失去了语言的运用。当然，她最后获救了。
但是，看第一遍的时候，"我就忘了"幸福的结局。贝
拉依旧是那个四处流浪，没有住所，勉强用缠腰布遮身
的少女，在夜幕降临时，在橘红色天空下，用口琴给鳄
鱼吹奏着摇篮曲。这个被扔给野兽的国王女儿的不幸，
是感性而柔美的，我翻动着书页时，抚摸的正是她光滑
的皮肤。相反，在《古拉，丘陵的女儿》包含的悲伤的
力量中，却没有丝毫的感性。这本会让我更喜爱贝拉。
根本不是。

　　古拉，一个可怜的孤儿，被迫取代母亲的位置，抚
养她那些饥饿、衣衫褴褛的弟弟和妹妹，她像贝拉一样
坚强地生活着。我喜爱她的辫子和她严肃的神情、她的
斗篷、她的羊毛长袜、她牧羊女的雨伞。我尤其喜爱这

_____

　　①　M. Sandwall Bergström（1942—　），瑞典儿童文学作家。

个有着哈喇味和强忍的眼泪味的故事里的两个片段：一个是她独自走在夜晚迷雾里的路上。她的家也许就在不远处，这不是为了安慰她，因为她的家其实只是加倍地阴暗和寒冷。家里的地面是夯土，潮湿而冰冷。古拉累极了，她在一块石头上绊了一下，她端着的铁盒子里的牛奶洒出来了一点。她在漆黑的夜里走着，筋疲力尽……另一个可怕的片段发生在家里：弟弟和妹妹们睡着了，古拉依然在劳动。她在缝衣服。但是，她更是在等人。她焦虑重重，听到一点点声音就发抖。终于，父亲出现的时刻到了。这是一个酗酒的、恶毒的农民。他打开门、环顾整个屋子、将目光停留在俯身桌子那头的古拉身上的方式，让我十分慌乱，对暴力的预感恐怖地揪住了我。

　　索菲的脸红得像颗樱桃；费吉尼夫人怒气冲冲、出乎意料的出现，让所有的人惊愕。

　　"我听到了什么，小姐？您愚蠢地掉进水潭，弄脏了、丢掉了您漂亮的裙子！等着吧，我带了能让您以后更小心的东西来。"

　　没等大家来得及反对，她就从她黑色的披肩下抽出一根粗粗的棍子，冲向索菲，对她棍棒相加，不顾可怜的小女孩的尖叫，卡米拉和玛德莱娜的哭泣和哀求，以及为如此的严厉而气愤的弗勒维尔夫人和爱丽莎的指责。她直打

到棍子断在她手里才住手，于是她扔掉碎片，
走出了房间。①

---

① 塞古尔伯爵夫人《模范小女孩》，巴黎，Hachette 出版社，1982 年
——原注。

神秘主义

　　莱茵河的神秘主义者，十分幸福的亨里克·苏素在《死亡的艺术》这部作为仆从与永恒的智慧之间对话（"如何学习死亡，没有准备的死是什么?"）的作品里，让永恒的智慧说道：

　　　　一开始就做好准备，因为，你其实就是一只栖息在树枝上的小鸟，一个从岸上盯着他要乘坐的、带他去一个永远都不再回来的陌生国度的那艘快船开过的人。于是相应地调整你的一生，为的是，当死亡来临的时候，你已经准备好，快乐地从世间离去。①

---

　　①　Heinrich Suso（约 1293—1366），《永恒智慧之书》，收录于《全集》，让娜·昂斯雷—奥斯塔西翻译、注解，巴黎，瑟伊出版社，1977 年，第 393 页——原注。

　　那艘载我们去冥间、应该毫不犹豫地跳上去的船的形象，让我们想起爱比克泰德①的教导，斯多亚学派的死亡哲学：

> 　　但是如果舵手叫你，赶紧向船跑去，将一切
> 都留在你身后，甚至不要回头看。如果你年纪大
> 了，千万不要走得离船太远，以免叫你时错
> 过了。

　　斯多亚主义与基督教一样，主张与生命完美的解脱。对于两种思想来说，紧紧靠着岸边，平息害怕，是很感人的。平静地，甚至快乐地面对死亡。从容地接受死亡也真的需要事先作好准备。在这一点上，斯多亚主义与基督教有分歧。斯多亚主义认为，学会死亡，就是在整个一生中，学会在所有我们无法控制的情况下，尽量少付出。斯多亚主义的慰藉练习以不同的方式劝诫人们冷漠。作好死的准备，就是学会不为不取决于我们的东西痛苦。应该只坚持取决于我们的东西：即我们的观点。烦恼、痛苦、悲伤牵涉到我们时，才与我们勉强有关，如果牵涉到别人，与我们压根无关。同情，这种在痛苦的艺术里没有局限的灵活性，在斯多亚主义的思想里是不存在的。斯多亚哲学保持着冷酷的目光。它对不幸冷目而视。它反对一切伴随着痛

---

① Epictète（约55—约130），罗马著名的斯多亚学派哲学家。

苦的东西：哀叹、叫喊、哭泣及"女性痛苦的其他惯常表现"（塞内卡①）。基督徒则相反，在痛苦与幸福通常不可分割的纷争中，向不幸投去泪水模糊的目光。因为痛苦是好的。问题不在于创造出思想技巧来控制它，保护自己不受其害。接受它，献身于它，忍受一个又一个痛苦，像耶稣受难那样去生活，这就是做好死的准备的意义，拯救灵魂的唯一方式，在跨过死亡之舟的跳板那一刻，脚步轻盈地跳过去。当这一适用于世人的启示，用到一个修道士身上时，将更加服从十字架的象征物，被引向痛苦的愿望。修道士亨里克·苏素的痛苦经验处于中世纪，耶稣受难的肉体极其被看重的一个时代，而且这种经验由一个如此有天赋的主体去承担，那么痛苦根据顽强和丰富创造的混合展开，苏素应该被尊称为大师——他自己在文章里称自己为仆人。

亨里克·苏素曾经在科隆当过埃克哈特的学生，后者对他有着决定性的影响。作为康斯坦茨的多明我会修道院里的修士，他从那里出发作了多次传教旅行（主要是在瑞士和莱茵河谷）。他在与弟子埃尔斯贝特·萨塔格尔合写的《生活或题为苏素的书》里，向我们转达了他的思想传记。苏素用第三人称，以上帝的仆人与爱人自居。他使用考究的语言和对艳情诗人来说非常珍贵的服从、忠诚、陶醉的

———————————
① Sénèque（约 4—65），斯多亚学派哲学家。

用语。他对上帝之爱启发下的所有虔诚、高尚的行为，来自于同样的灵感。例如，他在心上写下上帝的名字。但是苏素行事的方式，巧妙地影射了普罗旺斯的行吟诗人：

> 在深深的虔诚中，他从前面解开圣衣，裸露出胸膛，手里拿了一把尖刀，看着他的心，说道："啊！万能的上帝，今天给我实现愿望的勇气和力量吧，因为今天你要生在我心脏深处。"他开始把刀尖朝心脏的方向，插进上面的肉里，并上下左右地搅动，直到 IHS 的名字出现在他的心上。由于插得深，血大量地从肉中喷出，沿着身体流到他的胸口。虔诚的爱使他快乐地看着，以至于不怎么关注他的痛苦（……）他就这样为爱受伤了很久，到最后终于好了，IHS 留在了他心上，就像他希望的那样。那几个字母宛如植物压扁的茎那样宽，像小手指的一个指节那样高。他就这样把这个名字放在心上，直到死。每当他的心脏跳动的时候，那个名字也在颤动。①

五月里，用春天的花束装点祭台的时候，苏素看到的最新鲜的，就是"圣十字架迷人的枝杈……他受苦的嗜好已经很明显地表现在纯粹地庆祝爱情的热情里，更是在对

---

① 《生活》，见《全集》，第 162—163 页——原注。

基督的激情的思考仪式里爆发出来：

> 他跪下来，想着他的主如何被剥光衣服，被
> 残忍地钉在十字架上；于是他惩罚自己，按照心
> 愿，把自己钉在十字架上的主的身旁，恳求主，
> 生、死、快乐、痛苦永远不将他与主分开。①

但是苏素将他对痛苦的癖好提高到疯狂的程度，因肉
体的缺点而惩罚它、折磨它，用的是让肉体服从于思想的
苦刑。

他就是这样让自己痛苦的：

> 他有一段时间穿着一件鬃毛衬衣，戴着一条
> 铁链（……）他偷偷地让人做了一件内衣，这件
> 由布带条形成的内衣上饰有一百五十个挫得细细
> 的黄铜尖头，尖头总是朝里对着肉（……）有时
> 候他会哭，默默地咬得牙齿咯咯响，像一条被针
> 尖刺的虫子一样可怜地扭动着。他就好像躺在蚂
> 蚁窝里，无数的害虫爬在他身上（……）为了让
> 这种折磨尽可能地得不到缓和，他又想出了一件
> 东西：他把皮带绕在脖子上打了个结，熟练地在
> 上面套了两个皮环，然后把手伸进环里，用两根

---

① 《生活》，见《全集》，第179页——原注。

链条将手臂锁起来。他把钥匙放在床前的一块板上，直到他起身做晨经，才把自己解放出来。他被绑的手臂举向喉咙的两侧，链条锁得那么紧，要是房间里着火，他都不可能逃生。他就这样呆着，直到手与手臂被吊得太久颤抖起来，于是他又发明别的东西。

他让人做了一双工人们为了防荆棘而习惯戴的那种皮手套，并让铁匠在手套上一处处地镶上细细的黄铜尖头，晚上他就戴上手套（……）当他想用手帮忙，而睡觉时手又戴着尖头手套放在胸口，他就将自己抓伤，可怕得仿佛一只熊抓伤了他。他手臂上的肉和心脏周围的肉化脓。好几个星期后他伤好了，立即感到更不舒服，又弄出了新的伤口。①

苏素还有一个发明，就是不在床上放床单和被子，后来又取消了床，晚上就睡在椅子上，总是穿着他带钉子的内衣。神秘主义者在发明痛苦方面，有着无尽的才能。他们用具体的或寓意的方式，给自己度身定做一个十字架，将它钉在自己身上，永远都不解脱出来。

在痛苦的竞赛中，病痛被看作是一种恩赐（"上帝不在

---

① 《生活》，见《全集》，第181—182页——原注。

健康的人身上。"宾根的希尔德加德①说)。某些女神秘主义者在这一方面实现了奇迹。斯奇丹的圣·莉德温（Lyd-wine de Schiedam）（1380—1433）无疑是一个极端的例子。她的名字来自于弗拉芒语"lyden"，意为痛苦，可以说这个名字很适合她。莉德温曾是一个很美丽的小女孩，到少女时期，把男孩子的目光看作是一种伤害。一个富有而爱她的年轻男子向她求婚，让她惊恐万分。"要是您强迫我，"她对父亲说，"我的主将赐给我畸形，恶心到将所有的求婚者吓跑！"不久以后，她跌倒在玻璃上，从此在残废的重压下卧床不起，浑身都是溃疡和伤口，一个叫人惨不忍睹的怪物。于斯曼②（在这具恐怖的女性躯体面前）既厌恶，又（对这种与十九世纪略显冷淡的信仰截然不同的热烈信仰的）欣赏，在为她写的传记里，他详尽地描绘了圣女对自己肉体的糟蹋。莉德温只不过是一堆勉强可以辨认出来的肉：

> 肋骨下没能愈合的伤口化了脓，长出了坏疽；
> 腐烂导致肚皮下长出了虫子，在三个圆圆的、碗
> 底般大小的溃疡里大量繁殖；它们繁殖的方式令
> 人恐怖。③

---

① Hildegarde de Bingen（1098—1179），德国本笃会女修院院长。

② Huysmans（1848—1907），法国小说家。

③ 若里斯—卡尔·于斯曼，《圣女莉德温·德·希达姆》，阿兰·威尔贡德雷序，巴黎，Maren Sell 出版，1989 年，第 72 页——原注。

医生诊断为脊髓腐败。莉德温并不只限于此。她的身体是所有可能存在的病的聚集地：坏疽性麦角津液中毒、大出血、积水、瘟疫、肾结石、溃疡……她瘦得凹陷下去，浑身布满瘀斑，容貌尽毁：

> 可怕的神经痛纠缠着她，就像用曲柄手摇钻挖掘着她的太阳穴，用棒槌痛打她的脑袋；额头从头发根部一直裂开到鼻子中间；下巴脱开了下嘴唇，嘴巴肿胀；右眼瞎了，左眼变得异常敏感，不能忍受丝毫光线，否则就会流血。①

莉德温变成了怪物，但是她挺过一切活了下来，为的是忍受更多的痛苦。她就跟苏素一样，但是仅靠多病的体质，为能够无限地痛苦而快乐。

血淋淋的苏素剥夺了自己的睡眠、食物和饮料，有一天——四十岁左右，在虐待了自己超过十六年后——收到了上帝的指令，叫他不要再继续下去。修道士是他所受的一切痛苦的根源。从今以后，他被掌握在上帝的手里，折磨将来自上帝，来自上帝让他经受考验的意愿。他从那时，仅仅从那时开始真正地痛苦起来。

苏素成了被奉献给上帝的意愿的牺牲品，很快就不一

---

① 同上，第75页——原注。

定会被上帝选上，同时又要面对他同时代人的不公正和诽谤，这是最糟糕的折磨——来自内心的：被抛弃的感觉。"我痛苦到了极点。"苏素感叹道。他错了。事实上，这种极致是不可能的。总是有痛苦不到的空白。首先是因为，在苏素的身上，痛苦呼唤着痛苦。这种噬咬，这种肉体的撕裂，要在只会越来越强烈的失去自控的兴奋状态下去体验。其次是因为，痛苦可以使人类将自己看作救世主——他越痛苦，就越像救世主，但是有一个巨大的差别：十字架上的基督的痛苦与他的无辜相连，而人类的痛苦与他的犯罪感有关。

尽管痛苦越积越多，经过不断地重复、思考，富有能够熟练控制肉体疼痛和精神折磨的更加残酷的策略，却等不到任何完美的满足。那么一路上都不能休息，或者每一个驿站只会带来额外的苦楚？不是的，因为，简单的休息更为可取，仆人感到心醉神迷。这种感觉突然而来；从来都不像从折磨的幻想过程中希望得到的结果——在这一方面，神秘主义者比性受虐者更古怪、更离奇地节约痛苦和乐趣。这种至上的自由与他们和上帝对话的明显事实合为一体。

苏素强加给自己的痛苦是粗暴的，甚至野蛮的，但是他的心醉神迷有着无与伦比的柔美：

　　　　这些心里话温柔得让他的心都融化了。随着

意义的消失，他的心无限充实，心灵的臂膀可以伸展到世界的边缘、地球的尽头和天空的边际……①

或者：

"他看到和听到任何语言都不能表达的东西：它无影无形，但是在他心里却产生了各种各样的快乐。"他的心是贪婪的，却得到了满足，他精神快乐，得到良好的引导，他心中充满了愿望，不再祈求什么。他只是看了一眼闪耀的反射光，忘了自己，忘了一切。是白天还是黑夜？他不知道。宁静、安详的感觉里，突然出现了永恒生命的甘美。

与这样的沉醉相比，痛苦虽然也很极端，却显得轻微："我感受到的安慰，"圣·莉德温说，"与我忍受的考验是成比例的，我觉得它们十分美妙，我不会用它们去交换人类的任何欢乐。"②

阿维拉的圣·特雷莎③，伟大的"心醉神迷作家"，向"她的姐妹"谈论突然被抓住、原地飞翔的兴奋。她区分出好几种出神状态。其中一种，"甚至不需要祈祷就会来到：

---

① 亨利克·苏素，《生活》，见《全集》，第 222 页——原注。

② 同上，第 158 页——原注。

③ Sainte Thérèse d'Avila（1515—1582），西班牙著名的基督教神秘主义者。

她听见的，或是回想起来的上帝的一句话，让她感动，让她沉醉（……）灵魂因此出窍，我们的主让她通过幻觉，发现自己的某些秘密。"① 另一种被她称之为"思绪飞翔"的出神状态，以来势迅猛，对灵魂的诱拐效果之强烈，与前面一种不同："灵魂被突然、迅速地带走，思绪被掳走，速度之快，尤其是开头，让人感到极度惊恐。"② 紧接着，在难以计算的瞬间，灵魂回归，她处于异常怪诞的状态，以至于快乐地叫出声来。阿维拉的圣·特雷莎写道：这就是为什么，生活在修道院是一个明智之举，在那里，人们可以纵情发挥爱的狂想，而不招致惊讶或讽刺，而在尘世间，会立即被当成疯子！她补充道："可惜！这样的叫声那么稀少，人们把它们当作疯狂的标志，不足为奇。"③

苏素偶尔低头看用尖刀刻在他心上的那几个神圣的字母。伤口愈合后，字母变得难以辨认，不是因为它们融进了他的肌肉组织里，而是因为在它们的部位，喷出了光束，钻石与宝石的花束。

---

① 阿维拉的特雷莎，《心灵城堡》，马塞尔·布伊译自西班牙文，让—克洛德·马松序，巴黎，Rivages 袖珍书，1998 年，第 239、241 页——原注。
② 同上，第 253 页——原注。
③ 同上，第 271 页——原注。

遗　忘

　　夏比隆小姐，一个只想着游戏的性自由者，决定彻底
粉碎贾科莫·卡萨诺瓦①这位诱惑者的奢望，卡萨诺瓦在
与她的插曲结束四年之后，被夏洛特，一个他刚刚认识的
法国年轻女人的突然消失而震惊。她的死对他来说格外残
酷。这种不幸在他看来是死亡的征兆，预示进入了死亡阶
段，也许是决定性的。失去夏洛特令他痛苦，但是知道自
己没有能力去承受痛苦更令他害怕。要是他不花大力气从
痛苦中摆脱出来，痛苦似乎就会将他吞噬，这与他为自己
编造的紧密相连的生活与戏剧的梗概毫不吻合。

　　卡萨诺瓦喜欢孤独。最美丽的故事从孤独中，也与孤
独一起，降临在他身上。但是突然间，他第一次意识到，
一个情人的死让他沮丧到何种地步，孤独，不再是他的同

_____

　　①　Giacomo Casanova（1725—1798），意大利作家。

盟，而成了他最恶劣的敌人，这一时刻提前到来。于是他作了一个突然的决定：跳出不幸，跳着逃避这一切，他就是这样从铅皮监狱逃跑的。"我独处的时候，发现自己如果不忘掉夏洛特，就是一个迷失的男人。"① 卡萨诺瓦选择了遗忘——为的是能够继续玩几年邂逅、惊喜的游戏，能够展现自己是有着即兴创作天才的伙伴，总能主宰自己的旅行。他想继续扮演外地过客的角色，坠入情网，满腔激情地去爱，大肆挥霍弄得身无分文，最后在某个清晨，结算了旅店费用，重新上路。

与记忆的阴影断绝关系的愿望，无疑是清晰而绝望的，但同时也令人振奋，具有无限生机。卡萨诺瓦为了保护快乐的感觉而去遗忘。他无法抹去夏洛特的死。他将它搁置起来，给了自己一个期限（他在《我的一生》里讲述这段故事的时候，又完全找回了悲伤："我写这个故事的时候流下的眼泪，显然是最后的眼泪，我用它来回忆这个迷人的女人。"②）他日益增长的无忧无虑，使新的生活能够永远地重新活跃起来。

刻意的、商榷的遗忘，与阿尔茨海默氏症的病状性的遗忘十分不同。后者感染了很多人，尤其是老年人，渐渐地抹去记忆和生命的所有显著特征，使人丧失了自我。他失去他的所有组成部分，他获得的智慧也与他一起黯淡。

---

① 卡萨诺瓦，《我的一生》，威斯巴登—巴黎，Brockhaus—Plon 联合出版，第 10 卷，第 309 页——原注。

② 同上，第 300 页——原注。

这是有着海难特征的衰老。无论我们怎么努力，得了阿尔
茨海默氏症的老人最后总是像一堆残骸。他们的房子又脏
又乱，他们自己也蜕化成废物。他们肮脏，穿着破烂，戴
着不成形的帽子，穿着不配对的鞋子、空瓶子、罐头盒、
破雨伞、塑料盖、破包越积越多。他们不管多富有，看上
去都像流浪汉。他们不再拥有自己，也就一无所有。他们
成了废物，见证了对岁月的经历，以及对岁月的经历既滋
养又致命的普遍的漠然。他们只揭示了它毁灭的一面。他
们已经被毁灭，陷入遥远的困境，最终屈服于沉默的失语
症，但是他们依然努力向我们表示，做几个示意动作，简
短而缺乏连贯性。

抱　怨

　　"您好，近来还好吗?"不好，但是我听见自己回答：
"很好，您呢?"嗓音青春、甜美，不幸渗透不进来，就像
刚刚得知一个发动机着了火，却问你要波尔多葡萄酒还是
香槟酒的空姐的声音。为了更加不引人注目，我都不用自
己的名义说话，而是让天气替我表达："不错，有这样的好
天气。"要是没有太阳，就尽量往好心情的方向，顺便简短
地说一下当时的天气。重要的是不要耽搁太久。这就是游
戏的规则。每个人最好遵守它，尤其是在早上，一大早听
到"你好，近来还好吗"，而自己面前还有很多路要跑，很
多事要做，很多烦恼要面对，要求靠一定的精力资本的时
候。然而，有些人没有局限于形式上的乐观主义，以及轻
微的斯多亚主义，而是偏离规则，立即把缺点揭露给随便
什么人，第一个遇到的人，没有注意到他自己刚刚观察到
的谨慎的保留。为了回应，他们说"还可以"，"马马虎

虎"，"一般般"，"不怎么样"，"将就吧"，"应该可以更好，但能怎么样呢，这就是生活"！一句"这就是生活"，话匣子就打开了，芝麻开门，大倒苦水。抱怨就在那里，蓄势待发，只等着机会，找个随便什么借口就行了。在一个汽车站，我提醒一个准备坐到椅子上的女人，椅子是不平衡的。"如今还有什么不是不平衡的?"说着，她就一屁股坐了下去，差一点跌倒……

既然这就是生活，而我们又身处其中，那么我们也有权利说一点都不好，气氛很不吉利，政府糟糕透顶，房屋状况一塌糊涂，上帝是虐待狂，圣诞老人是垃圾，要使这种状况还要持续很久，那谢谢了，不如早点了结的好，坦率地说，不想去认识为我们的孩子们准备的世界。我们一旦到了抱怨的章节，就没什么好怕的了：百分之百的赞成，我们可以抱怨来抱怨去，而不会让听众厌烦。说真的，这不是两个人的对话，而是单方的抱怨，从一个人传到另一个人那里。事实上，烦恼、孩子、病痛、丈夫、没有丈夫、缺钱、年龄越来越大，怎么好得起来呢? 找到一个可以一股脑儿向他抱怨的人，并不能让人感到安慰。令人安心的，倒是肯定没有人可以幸免，不管把目光投向哪里，看到的都是同样令人消沉的画面，即什么都不好。抱怨是不会干涸的，任何借口对它来说都是机会。它是一种怨言备忘录，混乱、含糊不清，与备忘录的不同是，它既没什么要求，也不指责什么。然而抱怨常常感到不公平，这也许是它的

秘密动力。但是这种不公平过于残酷、原始、基本，最终
难以表达出来。

　　"当我处境糟糕的时候，我就唱歌。"塞缪尔·贝克特
写道。要是他的例子得以推广，我们将生活在音乐里。闻
所未闻的强大而漂亮的唱诗班将从我们的乡村和城市崛起。
从无数可怕的不幸和真正的灾难中，从滋生指责的愿望的
那些绝无仅有的痛苦和微型的失败中，将喷涌出生活的歌
剧。今天伟大的歌剧。控诉者的大型歌剧。明天会不会更
糟？明天？那就是全世界都一塌糊涂！那么我要唱得更大
声，放喉高歌。玻璃破碎，墙壁开裂。一切都炸裂，我推
出颤音。

哭　泣

口误：在银行柜台前排队等候时的谈话中，
我听到自己把"我爱花（fleurs）"
说成了"我爱哭（pleurs）"。

这两件事是否存在着联系？从前，在男人装扮得与女人一样花哨的时代，他们也像女人一样容易哭，而且像她们一样公开地哭。在十八世纪，久未见面的两个朋友重逢时，会拥抱着哭泣，一边交换着各自村子里的消息，一边继续哭。我能想象出这种场景，发生在一个旅店里。他们喝着酒，流着泪，互相拥抱，再次干杯，边笑边哭。他们周围的人，并不感到惊奇。独自一人，朋友之间，在人群里。在路上，在咖啡馆里，在剧院……今天，在我们的社会里，哭是要精打细算的，而且人人为己。哭得勉勉强强。正因为如此，当我们从电影院的黑暗中走出来，看到旁边的人眼睛哭红了，知道自己的眼睛也一样时，我们感到羞愧。偷偷地看上一眼，赶紧转过身去。没有人跟你搭话，向你建议："您愿意跟我一起接着哭吗？"火车站，飞机场，所有这些我们以为能遇见许多哭泣的旅客，以及陪着他们，因为不走而哭得更响的人的地方，简直一片干旱。有一天，我在一个候机大厅里看到一个年轻男子，孤身一人，号啕大哭，我差一点改变我的看法，但是他哭是因为他误了飞机。

装扮与哭泣之间也许有着某种联系……是不是要从美的角度去寻找眼泪？因为，眼泪让眼睛闪光，迷人的泪滴慢慢地形成，沿着脸颊淌下，再加上哭泣的人的无助，泪水就像一串珍珠项链，增加了魅力。一位穿着轻盈的裙子和薄底浅口漆皮皮鞋的短发少女，泪水盈盈地出现在你面前。这身装扮不乏优雅，不过有个条件，痛苦的程度和泪水的数量之间的比例要把握准确。泪水不能太少（勉强湿润的眼睛可能不会奏效），也不能滔滔不绝地涌个不停，这样做最大的缺陷，就是太吵。大声哀号的人引不起人们的兴趣。这不公平？是的，绝对不公平。但是痛苦的领域是最不公平的。

哭的方式，以及令人哭的情况数不胜数，眼泪的形式各种各样：一滴接着一滴，或是挤不出来，或是被喜爱地盯着看，或是被快乐地饮下去，或是接连不断，或是有如泉涌……

珍珠泪　我想起了拉法耶特夫人笔下的女主人公——想起了蒙庞西埃王妃，或克莱芙王妃泪光闪闪的眼睛。克莱芙王妃看着首饰店橱窗里的宝石，眼睛里的光芒逆向折射在宝石里。但是我不知道，宝石与眼泪相比，哪个在前……维美尔的一幅画里，女人挂在脖子、戴在耳朵上的珍珠，让人想到她们的眼泪。我想，这些首饰送给她们，是用来交换沉默的，让她们闭口不提她们的痛苦，不用她们的痛苦痕迹去纠缠任何人。偷偷的哭泣和珍珠泪的特点，就是它们不能被别人瞧见。它们是非常孤独的。它们既不是反作用的叫喊，也不是呼救，也不是要挟的武器。

江河泪　它们也是同样的孤独，脱离一切人际关系，默默的、无尽的泪水模糊了视线，浸湿了脸颊，流到了嘴唇上，那个人遭遇的悲痛巨大到叫他无法想象。他的世界裂成碎片，而他却奇迹般地迷失在他周围的虚无里。由于与世界如此疏远，他可以继续像机器人一样行动，表面上看来没有变化，只是眼睛里光芒闪烁。

我在父亲去世的几个月后，第一次到山里小住的时候，被近似宇宙灾难的感觉压垮。这并不妨碍我滑雪，也不妨碍我欣赏壮丽的雪景。我的体力甚至增长了十倍，感觉到滑雪板抑扬顿挫的速度是最安全的。我完全像在父亲的陪伴下一样照常滑雪，唯一的不同，就是我在哭。眼泪温和地不断流下，冰冻了我的脸颊。我无能为力，我心里做好了准备，这种状况将一直持续到生命结束。月复一月，年复一年，我将在那里滑雪、哭泣，斜坡时而阴暗，时而阳光灿烂，时而朦胧，时而清晰。"我下雪。"热内的《阳台》里的人物这样说。反过来，对我来说，在比利牛斯山的这个滑雪站，"天在哭"。它哭个不停。我所有的动作和话语，夜里的幻觉和白天的思想，全部屈服于这种液化的力量，承认它是一个首要的主题，是一种特殊的情绪。

海洋泪　从帕拉蒂那到凡尔赛，帕拉蒂公主①一路上不停地"哭嚎"。她泪如雨下，模糊了视线，花容也走了样。可怕的命运在等着她，离开父亲，离开兄弟姐妹，放弃她的乡村，去嫁给路易十四的弟弟，而且他被怀疑叫人毒死了他的第一个妻子，这一切让她哭嚎。就算在同情的背景下，过了一段时间，我们也很难忍受这样的水灾。在令人哭泣的极度痛苦里，我们并不能因此唱起来。只需要去歌剧院，那里的演员边哭边唱。

当海洋泪出现在没有爱的背景下，是令人难以忍受的。我们冷漠地，或残酷地观察着这像水柱般不停飞溅的眼泪。泉涌的泪水想让我们产生负罪感，将我们淹没。想要报复的受害者的眼泪：我只想到一件事，逃跑。但是我留了下来，浑身僵直抽搐。有了手机，我们越来越多地看到以下场景：有些人结结巴巴，哭着听那个拒绝他们、对他们撒谎、令他们陷入痛苦的声音。他们快速地走着，神色惊恐，直往前冲，紧紧地抓住将他们万箭穿心的小小的手机。他们撇嘴蹙眉，焦躁不安，灰心绝望，放下了一切自尊，就

————————

①　Princesse Palatine（1652—1722），原名为巴伐利亚的伊丽莎白—夏洛特，莱茵河的帕拉蒂伯爵之女，1671年嫁给法国路易十四的弟弟菲利普。

像在自己的浴缸里。尔后，他们怒气发作，走得更快，碰
撞所有的人，大声地辱骂和诅咒。接着他们停了下来。电
话线那端没有人了。其实，连电话线也没有。

　　听到自己哭，让我们哭得更起劲；但是看到自己哭可
以让一切嘎然而止，我们在奇怪而窘迫的观察下突然静止
不动。我内心有着巨大的力量，这种让我不知所措的感情
漩涡，而在我面前的镜子里，有着"我"的脸：肿胀的眼
睛，痉挛性的抽搐，扭曲的嘴巴。我看着自己，惊讶万分。
这张痛苦的脸让我着迷到忘了自己的痛苦。我看着自己哭，
就不那么痛苦。我审视着变了颜色的眼珠，黏在一起的睫
毛仿佛涂了过稀的睫毛膏。我久久地停留在眼泪咸咸的味
道上：我一直都喜欢这种味道，因为它让我想起海水浴，
想起牡蛎的汁水……渐渐地，我停止了哭泣。我不能一边
哭，一边想吃牡蛎。
　　镜子里的形象明显地让痛苦分裂，痛苦的、泪流满面
的那个女人，在镜子里看到了一个热情的、轻松的自己，
既然她很快就厌倦了看着自己哼哼唧唧，情愿出去品尝一
盆海鲜。这是一个个性的问题。看着自己哭，也可以导致
相反的结果。于是那个痛苦的人，有着浮肿、滚烫的脸，
会在镜子里看到一个怜悯的自己。我越看着自己哭，哭得
就厉害，就越看重自己的痛苦，它就越显得深不见底，无
边无际，远远超过人的承受能力。我透过这个句子看到了
自己的可怕样子："他只剩下一双可以哭的眼睛。"我哭了

又哭，被自己感动。只需要屈服，让我们身上的另一个爱我们、无条件地赞成我们的自我来安慰我们。

　　如果我们嚎啕大哭的时候，有另一个人在场，他再也忍受不了，悲伤而愤怒地观察着这无力再赢回失去的爱情的哭泣，那么故事就完全不同。我看过毕加索的《哭泣的女人》（1937 年）。眼睛就是眼泪，皮肤被侵蚀，鼻子被擦得奇形怪状，辛酸的嘴巴张开着，愤怒地抱怨着。抱怨加控诉。那张嘴准备好了咬人。这个女人用牙齿去哭。这个把痛苦都露在外面，爆发性的爱哭的女人，叫男人离得远远的。我起初以为他惊慌、害怕，但其实没那么简单。他是被吸引住了。他兴奋而残酷地观察着女人。他一动不动。他把她画下来。哭泣的女人证实了他深刻的信仰，一个如世界一样古老的信仰。在与安德烈·马尔罗的交谈中，毕加索声称："女人是受苦的机器。"

　　毕加索在《格尔尼卡》之后创作了《哭泣的女人》。在完成《哭泣的女人》几天后，他用黑墨画《眼泪的研究》为乐。眼睛与身体分离，被别在奇怪的雕塑顶端。它们被插在用大大的手帕包裹着的"制造眼泪的管道"上。滚圆突出，几乎就像男性生殖器的眼睛，是特意被创作成女性器官的。女人就是制造眼泪的机器，就像男人是制造精液的机器。

准　备

每一天，我都道永别。

——艾蒂·西勒申①

（《日记》，1942 年 6 月）

　　阿姆斯特丹的犹太人区几乎不剩下什么。我们依然能参观艾蒂·西勒申住过的那栋楼，恰恰是因为她不住在犹太人聚集区。她在城里的南部，国立博物馆附近的卡布里埃尔·梅苏大街 6 号租了一个房间。她的房东，汉·维格里夫，会计，丧偶，五十过头，是她的情人。艾蒂，她，二十九岁。她从法律专业毕业，学过俄语，她母亲的母语。为了生活，她教俄语。也就是说，她收入微薄。这也属于她的风格。在她日记的最初几页，艾蒂以撩人的、色情的、喜爱性乐趣的形象出现：

　　说真的，我从来不知道如何工作。对性生活

---

　　① 艾蒂·西勒申（Etty Hillesum，1914—1943），荷兰犹太人，以二战时写的《日记》出名。

也是如此。要是某个人引起我的注意，我能够几
天几夜都陷入性幻想。①

　　这个年轻女人认为听从自己的欲望是正常的，并决定
不要小孩。她有很多朋友，她听音乐（她的哥哥米什卡有
望成为钢琴家），做梦，沿着小河骑自行车时找到最好的想
法。她喜爱花，赖在房间里什么都不干，也会花时间读里
尔克，翻译陀思妥耶夫斯基。她快乐，傲慢，有幽默感，
答辩敏捷。她自童年起，也会极度沮丧、焦虑，同时头痛。
她漂亮吗？是的，但不是完美无缺。另外，这也不是她的
理想。她有时候为了玩，会在镜子面前呆上几个小时：
"……我无法从我的形象中摆脱出来，我对自己摆出各种媚
态，我用欣赏的目光从最佳角度去看我的脸，我最喜欢的
幻想，就是出现在某一个厅里，坐在桌子旁，面对观众，
他们看着我，觉得我漂亮。"② 她善变、爱动，希望这种有
点放荡不羁的学生生活延续得更久。是的，但是艾蒂也对
世界十分好奇，富有哲学家的思想。她经常参加犹太社会
党人和反法西斯知识分子的会议。1941 年，艾蒂·西勒申
开始写日记的那一年，局势相当严峻，很难叫人无忧无虑。

---

　　①　艾蒂·西勒申，《动荡的生活，1941—1943 年日记》，附《韦斯特波
克的信》，菲利普·诺伯尔译自荷兰文，巴黎，瑟伊出版社，1995 年，第 15
页——原注。
　　②　艾蒂·西勒申，《动荡的生活，1941—1943 年日记》，第 37 页——原
注。

也是在这个时候（1941 年 6 月 14 日），艾蒂写道："一切重新开始：逮捕、恐怖、集中营，父亲、姐妹、兄弟被蛮横地从他们亲人身边夺走。"① 然而，如果说无忧无虑真的消失了，它不是被黑暗的悲观主义，而是被快乐隐秘而反常的逐步发展所代替——这是这篇文章最引人注目的地方之一。艾蒂在她短暂生命的最后三年里，不仅尽量勇敢地去面对事实，也开始学习，改变自己，更好地控制"生存的职业"和蔓延的痛苦："我们有权利痛苦，但是没权利向痛苦屈服。"这就是她对自己提出的理想，她根据恐怖增长的比例，成功地达到了自己的理想。艾蒂被最新的消息压垮，难以忍受自己面对纳粹的迫害无能为力，她写道："我们不过是空的花瓶，历史的洪流将会涌进去。"她不会去反抗历史，她反抗，只是为了保护自己不惊恐——为了不过早死去。为了睁着双眼，不要提前中止她在生命里的漫步："我们走过山梅花，走过小玫瑰，走过德国的哨兵。"她在一个春天的夜晚写道。

　　她的日记无可替代地见证了《纽伦堡法》，德国反犹太人的法令，在荷兰，准确地说在阿姆斯特丹，得到了严格执行。一系列的限制条件，从必须佩戴黄星标志开始，渐渐地将犹太人圈在了城里：禁止去荷兰商店购买食品，禁止进雅利安人的房子（这显然涉及跟非犹太人发生性关系的"罪恶"），禁止使用公共交通，禁止使用自行车，禁止

---

① 同上，第 37 页——原注。

进入城里的公园和花园，禁止走通往乡下的路：还剩下新鲜的空气和天空，毫不气馁的艾蒂如是说。阿姆斯特丹周围的所有犹太人逐渐被聚集到城里的犹太区，他们从那里被送到韦斯特伯克的中转集中营，然后被放逐到波兰的集中营。艾蒂清醒地记录下了这一些。她不抱任何幻想。她知道，等待着她的未来，清晰得可怕：灭绝。在一项有条不紊地实施的计划下，背景渐渐变得令人难以忍受，艾蒂为自己规定了行为准则，这使她拯救了甚至加强了她快乐生活的才能，直到最后一刻——她每天都能快乐地生活。她不屈服于多活一天就是完全的胜利的概念。她意识到西方人不懂得将痛苦变成积极的因素，因此试着给痛苦某种意义——不是一个高等的、全世界通用的意义，而是一个独特的意义，只适用于某个特殊的人："我已经在上千座集中营里忍受了上千次死亡。我什么都经历过了，任何新的消息都不再让我焦虑。无论如何，我已经知道了一切。然而，我发现这种生活美丽而富有意义。每一刻都是如此。"[①]（1942 年 6 月 29 日）生活希望自己完全成为一件艺术品，艾蒂努力不把害怕和仇恨融入这种生活的伦理中。她为了自己而进行的斗争（这种斗争令她激动得都没想到逃跑）的重要性，就在于完好无损地走到最后，哪怕结局表面上显得可悲，但是内部却非如此。

给自己创造一个无法逾越的空间，一个用来思考的理

---

① 艾蒂·西勒申，《动荡的生活，1941—1943 年日记》，第 139—140 页——原注。

想斗室，与她在梅苏大街上的卧室同样大小——更确切地
说，与她的写字台一般大小，她反复地描绘了桌上经常更
换的鲜花，就像是一幅画的不同表现形式——在这样的斗
争里，艾蒂遇到了精神导师兼主要同盟，奇怪的朱利于
斯·斯拜尔①。他从柏林逃亡出来，是荣格②的弟子。斯拜
尔作为手相学家，有着不容置疑的神赐的能力。他将艾蒂
引向各种感情，其中包括灵性，饱含不加掩饰的情欲。也
许正是在他的影响下，她越来越倾向于用宗教来领悟世界。
但是她提到的上帝是一个朦胧的实体。他不来自于任何确
定的宗教。他成了她特殊待遇的对话者，而她的关押条件
越来越苛刻——最早一批被押送到奥斯维辛，她与全家都
死在那里……朱利于斯·斯拜尔在他这位女病人（也是他
的秘书）身上唤起了容易失重的潜能，超脱自我。艾蒂既
有利他主义，也对视觉细节，对自己亲眼目睹的场景极为
关注，她在人世间生活的方式无与伦比，抓住任何一个迷
人——用这个词的强烈意义——的时刻，直到最后进入地
狱。她在韦斯特波克集中营的最后几封信里，这样写道：
"是的，情况非常糟糕，不过，夜晚，当逝去的白天在我身
后深深地沉下去时，我时常脚步轻盈地沿着带刺的铁丝网
走……"③

———————

①　Julius Spier（1887—1942），德国心理学家、手相学家，艾蒂·西勒
申是他的病人、情人。

②　Jung（1875—1961），瑞士心理学家。

③　艾蒂·西勒申，《动荡的生活，1941—1943 年日记》，第287—288
页——原注。

　　朱利于斯·斯拜尔无疑是她的导师，但是她觉得与自己最为接近的作家，则是陀思妥耶夫斯基。当她预感到自己将要被抓住时，努力抗争不向害怕妥协，不像她周围的人那样把恐慌写在脸上，而是用他的思想来帮助自己。"我想在艰难的时刻记住的，总是'触手可及'的一个事实，就是陀思妥耶夫斯基在西伯利亚的苦牢里过了四年，只有一本《圣经》可以阅读。"①（1942 年 7 月 15 日）《死屋手记》鼓励她坚持下去，扩大宗教视野，也鼓励她永远不要失去作家准确而敏锐的目光——眼睛一直睁到最后。

---

　　① 艾蒂·西勒申，《动荡的生活，1941—1943 年日记》，第 182 页——原注。

拒　绝

　　夜里十点，在纽约到特伦顿的铁路线上。火车里人满为患。然而没有人去打搅占了四个座位的两个少年。人们不敢干预他们的空间。不是因为那个男孩，而是因为那个年轻的女孩。是她在控制局面。而他，因爱变得愚蠢，盯着她看，等着她再踢他一脚，等着下一个侮辱，恳求得到抚摸。他们半躺着，面对面，脚忽而放在长椅子，忽而搭在对方的大腿上。他们几乎不说话。他们用脚交流。他试着用他穿着跑鞋的大脚施加暗示性的压力。她"不回应"。她一动不动，一副赌气的样子。她看着窗外荒凉的景色。·纽瓦克、伊丽莎白、林登、拉威、梅丘帕克、梅托城……她从来都不跟他说话，也不看他，偶尔随便赏他一脚。她后来厌烦了。她转过身，不再看工厂的院子、空荡荡的停车场、窗玻璃破碎的制造厂的废墟。她离开了几个厘米，让男孩感到她挣脱去了另一个世界。她有了新的活动：舔一个塑料的白色小勺子。她舔了又舔，干脆地咬住了勺子。听到勺子的开裂声，男孩在长椅上滑得更低，呻吟着，哀求着她的吻，她的手，随便什么都行。她踢了他几脚，夹住他。他依然坚持。有着无法预见的权力的女孩，突然把手伸给他亲吻。他急忙迎上去，但是他刚刚碰了一下，那只手立即缩了回去。他快要哭了。他像恋爱的小狗一样的眼睛要淌眼泪了；但是，她抓住了他的手。她用笔在上面画了一堆小小的蓝色十字架。他感激地两眼放光。于是，为了教训他，她打了他一个耳光。旅客们打着瞌睡。

那个女孩一点都不美。她简直就是黯淡无光，但她擅长的就是这一点。她的眼睛不表达任何感情。只是它们能够适时地转过去。她的嘴巴不拼命地舔小勺子的时候，也显得既不适合于说话，也不适合于亲吻。她纤细的身体，紧紧地绷在一条窄窄的牛仔裤和微微袒胸的 T 恤衫里，散发出一股惊人的拒绝的力量。她不喜欢——带着特殊的灵感的微光。她生来就是要让人悲伤的。她知道这一点吗？无疑知道一点。但是还没到想把她身上的这种冷漠变成一种真正的才能的地步。

她在开裂的嘴唇上涂了点润唇膏。魂不附体的男孩欲火难耐地尖叫起来。奇迹发生了，她把润唇膏借给他。他兴奋过度，将润唇膏举到唇边，舔着，准备将它吞下去。他抓住女孩的一只手，在上面印了一个吻。"你黏乎乎的。"新泽西的洛丽塔评价道。他们之间冒出来的第一个句子是那么长，在我耳边回响，就像是圣·西蒙公爵的描写。词的阵雨！那是出于她的不谨慎。她咳嗽了一下，重新凝视黑夜里的景色。另一端的工厂消失了。代替它们的，是预制的小屋，批量生产的立方体，完全一模一样。她让人痛苦的才能，以及他用来满足自己的活力，无疑会消失。他们长大成人，各自结了婚后，只会在每天吃晚饭时盯着看的电视屏幕上找回它们的痕迹。

他们就像俘虏一样看着同样的电视节目，类似于"害怕的规则"，"兰特岛"，"筋疲力尽"。他们毫无怨言地观看着选手们不顾廉耻，公开地放纵于侮辱和被侮辱的乐趣。他们看到这些人早餐时用虫子和猪油涂面包，大口地吞咬死耗子时，不会感到惊讶。

(不要) 决裂

　　"一个令人窒息的午后，在一个狭小的房间里，一缕阳光照射在那些平底锅上，而幼小的孩子们在午睡中流着汗，你站在一个男人搬来的家具中间，明白了你的生活成了这个模样，就是这样，而非其他，这就是你最终的家庭，这个满头发油、埋在书堆里的神经质的男人，就是你的男人，你永远的丈夫。"① 在读到艾里·德·卢卡②的这些句子时，我们想到"永远不会"无疑是可怕的，而"永远如此"也是可怕的。

　　是什么让某些东西到了一定的时刻就停止？当我们不能再走动，一切都结束的时候，我们体会到了什么？这个由无数诱惑、非典型的活动、隐瞒的内心思想、遮遮掩掩

---

　　① 艾里·德·卢卡，《有一次，有一天》，丹尼埃尔·瓦兰译自意大利文，巴黎，Rivages 袖珍书，1998 年，第 18 页——原注。
　　② Erri De Luca（1950—　），意大利作家。

的死亡的愿望组成的潜伏性的结冰过程又是什么？某一次，某一天，我们知道了：我们不会再走动。我们将留在这个国家，这个城市。陪伴这个妻子，这个丈夫，这些孩子，这些孩子的丈夫和妻子，他们的孩子……我们每天在家和工作地点之间走着同样的路，直到退休。每天晚上打开门时，总是那个一成不变的声音用那句永恒的"你好，今天还顺利吗"来迎接你。于是我们强迫自己微笑。孩子们快乐地过来，向我们问好，尔后我们坐下来吃晚饭。喝第一口汤的时候，在孩子们嘈杂的嬉笑声中，丧钟在我们心里敲响，让我们想起自己的失败。的确，我们发誓不再回家，因为家里每天重复的，是我们的欲望遭到屠杀，我们的热情被消除，以及对我们的青春的背叛……现在却是这样。

除非我们在想到这看不见的失败时，感受到奇怪的满足，我们才会强制性地主动回去，就像用舌头一遍又一遍地舔着那颗疼痛的牙齿。的确，我们向自己承诺要决裂，但是却做不到，于是我们对自己，对自己的生活感到厌恶，这是一股腐烂的、稍微有点甜的味道，不是完全令人不快的。在我们印在妻子脸上的亲吻里，带着温柔和感激，她在不受欺骗的情况下，总是热心地准备美味的饭菜，就像什么都没有改变。

或者——在同样失败的，无法承认的背景下——，也许是不满足占了上风。我们毫不犹豫地让人感觉到这一点，而且表现丑陋，卑鄙地希望决裂这一艰难的举动由对方去承担。希望是不再被爱的她去说，她受不了了，她想分手。

有时候能奏效……大多数时候不行。

　　一天晚上，吃过晚饭后，我父亲像平时那样来跟我道晚安。但是，他没有立即离开，而是坐到我的小书桌旁，双手捧着头。他惊慌地盯着我打开在那里的那本书。那是我的地理课本，翻在专门讲述巴黎盆地和地质层的那一课。我蜷缩在鸭绒被里，裹在红色棉睡衣的温馨里，心想："我讨厌地理是有道理的。"

　　但是有一次，有一天，当我们太久屈服于不适合我们的选择，屈服于悲伤的爱情，无聊的工作，过多的职责而导致焦虑淤积时，终于有一次，有一天，出乎所有人的意料，在一个令人窒息的午后，在十二月的一个夜晚，在浓浓的雾里，在沙尘暴里，我们逃跑了。

分　离

　　阿尔贝·加缪在《鼠疫》（1947 年）里讲述了，当流行病被正式公布后，城市被封闭，居民的第一反应，就是因为隔离而痛苦，总想着无法跟封锁线另一端的亲人、情人会面。他们像分离的人那样痛苦着。他们徒劳地设法找到解决办法，以结束这种空缺的、极令人不满的状态——当初看得见那些如今缺席的人的时候，不是很赏识他们，后悔与内疚更加重了这种不满。爱情的折磨尤其痛苦，因为它包含了负罪感：要是这就是最后的道别，最后的亲吻呢？我们以前难得看对方一眼，只说些实际的话。我们丝毫没有想到温存和意外的抚摸。根本没有。日常琐事。只有它停下来，我们才会感受到它的绝对贫乏，或者说，才会对日常的所作所为，对屈服于习惯的盲目力量而感到恐惧。怎么？我们就是这样去爱的吗？就没有办法去纠正，重新来过？我们只能试一次吗？人就是这样生活的吗？他们的吻远远地跟着他们……然而，突然间，吻消失了。

分离的人更多地看到过去的情景，回忆起当时的表情、动作和话语。他们体会到"所有囚犯和流亡者的痛苦，即在毫无用处的记忆里生活下去。"① 他们让自己痛苦。用加缪的话来说，他们"乐意痛苦"。越是涉及隐秘的、个人的，与他们的生活进行方式相同的痛苦，他们越乐意。在遭遇灾难的城市里，分离的痛苦是带屏障的痛苦。感受到这种痛苦的人能够奢华地享受折磨："……无论这些流放者的焦虑多么痛苦，无论他们那颗空虚的心多么沉重，在鼠疫爆发的初期，他们仍可说是一群幸运儿。因为正当全城开始感到恐慌的时候，他们的心思却整个儿放在他们等待的人儿身上。（……）因此他们不再把注意力放在疾病的中心，这倒有益健康，人们泰然自若。绝望使他们不再惊恐，不幸也是有好处的。比如，即使他们中间有人被死神带走，也几乎总是在他毫不提防的时候。正当他与一个影子进行内心长谈时，突然被揪了出来，不经任何过渡，就一下子被抛进地下最深沉的寂静中。"②

分离的焦虑可以作为盾牌，遮挡对流行病的恐惧。我们也能够利用轻微或严重的病，利用工作中的问题，来庇护分离的焦虑，或对交通罢工、恶劣天气、时代的抱怨，以掩饰无底的绝望。

---

① 阿尔贝·加缪，《鼠疫》，巴黎，伽利玛出版社，1974 年，第 87 页——原注。

② 同上，第 91 页——原注。

工 作

　　1968 年，我到巴黎定居时，对巴黎的第一个印象，就是早上八点左右，地铁里去上班的人群。他们心不在焉，沉默不语，他们彼此忽略，而心里完全清楚他们每个人都准备度过与他们身边的人十分相似的一天，与前天相比没什么变化。他们谁也不看谁。他们也不看窗外（只有孩子或外国人才会把鼻子贴在玻璃上，想看看他们旅行中的黑暗。他们觉得在汽车下行驶，从塞纳河下穿过，简直不可思议）。他们到站时，也不会多看别人一眼。他们就这样沉着地从走廊里、站台上的血红色的涂鸦面前走过：地铁（métro）、干活（boulot）、睡觉（dodo）……有点模糊、颤抖，号召着反抗的红色字母，被清除干净。它们很久以前就被清除干净了。让年轻人以为他们将要改变世界的幻想，即傲慢与疯狂的乐观主义的混合，在对现实的接受中消失了——或者这样说是为了更好地释放出对一种不同的生活的想象。交通、工作、睡眠……哀伤而令人哀伤的路程。要是人们回想起启蒙时代时花费在潜在的工作解放者身上的力量，则会更加哀伤。我通过工作建设世界，建设自己。我逃过了游手好闲的有害影响。从发展的角度来看，贵族阶级终归会被它的生活模式，它对工作世界的漠然，被假定由懒惰引起的可怕的无聊而摧毁。在大量的文章和许多人的思想里，贵族因无聊而衰弱的观念依然占上风。这种观念伴随着一种信仰，即人们在贵族阶层里的所作所为对自己没有价值，而仅仅是分散注意力的尝试，以反抗因缺乏必须的规律性而显得沉重，因缺乏超负荷的工作时间表而显得轻松的生活。沙龙里的对话便是如此。它无疑是光彩照人而又矫揉造作的。它与书面形式联系在一起。这是否就是一门可以毫无保留地去欣赏的瞬间艺术？根本不是。有所保留地去接触它是比较合适的：那些幸运儿把午后和整个夜晚用于交谈，这对他们来说只不过是避免无聊的一种方式，一种逃跑的行为。仿佛百科全书派思想家没有得到任何动摇。"工作"那一章节依然有效。

在《洒脱的小条约》里，德尼·格罗兹达诺维奇①对像雷斯蒂夫·德·拉·布雷东②这样的人，把他那个时代无数无所事事、一成不变的懒汉，称为"时间的杀手"，感到惊讶。德尼·格罗兹达诺维奇补充道：雷斯蒂夫"见证

---

① Denis Grozdanovitch（1946— ），法国作家。
② Restif de la Bretonne（1734—1806），法国作家。

了并向我们描绘了法国大革命，在那个时期，他肯定想象不到我们这样的时代的到来；在这个时代里，像朱利安·格拉克①（在他的《大写字母》里）精彩表述的那样，将会有很多的人手与愿望去关注世界的动荡和改变，而极少会有目光去看它一眼，这就导致了类似于'懒汉的高尚尊严'之类的东西的颁布。如果雷斯蒂夫能够预见到，有一天过度的工业化，工作、风俗和意识的标准化和同一化意味着什么，他这个'在河岸两边闲逛的人'反应是否还会一样？（……）谁会预言到，对基督教世界极为珍贵的用来赎罪的痛苦，会以上升为不可触犯的教条的工作形式重新出现②？谁会预言到，速度加快、得以普及的工作，丝毫没有因为机器而削减，会经历如此的扩张，如此难以控制的速度，以至于变得枯竭，甚至对人类有害？谁会预言到，这种生产力过剩会导致如此缺乏意义的动荡，使大部分人所能做的，就是以工作为借口，把大部分时间都牺牲在了毁灭性的烦恼上，作为交换，得到越来越可疑的物质利益？"③

　　在对工作的狂热，以及总是想做更多的工作的十足迷醉中，人们拒绝用时间来鉴定自己，他们很少考虑时间，

---

　　①　Julien Gracq（1910—　），法国作家。

　　②　一个在纽约庞大的建筑中心工作的女友告诉我，她办公室里的女上司是个工作狂，只要一觉得没人监视自己，就拿出流血的基督的版画，默默地祈祷——原注。

　　③　德尼·格罗兹达诺维奇，《洒脱的小条约》，巴黎，José Corti 出版社，第 20—21 页——原注。

任凭自己的时间被剥夺，仿佛它一文不值。盲目的区分是我们看不到我们谋杀的，正是自己。电脑永远都开着。夜里，它们守在空荡荡的办公室里。它们明亮的小屏幕等待着我们。在交通工具里，在火车或地铁里，在家里，我们见缝插针地将手提电脑放在膝头，工作着。这样，就不会浪费时间。应该这么来理解：但愿时间被细致地、彻底地灭杀，被有意识地屠杀。

卡夫卡感觉到他在工作过的那家保险公司的办公室里度过的全部时间，是一种折磨，一种无法挽回的浪费。这些被浪费的时间，由于它们引起的疲劳，还要加上一无所成的星期天，他在星期天只能睡觉，以恢复体力，找回至少写几个片断的力量，比如："我们的上司很年轻，又有着正在进行中的大项目，他不停地激励我们，他花了无数的时间上去，对他来说，我们中的每个人都跟其他人一样重要。他可以好几天跟一个我们几乎都不抬头看的微不足道的小职员呆在一起，他和他一起坐在一张椅子上，抱着他，把自己的一个膝盖压在对方的一个膝盖上，并征用了他那只谁也再接近不了的耳朵，开始工作。"[1]

我们的上司向我们俯下身来，搂抱我们。他把他的一个膝盖压到我们的一个膝盖上。由于他本人不在场，我们远距离地满足于他的现场代表，作为工作工具的手提电脑，

---

[1] 卡夫卡，《全集》，第 2 卷，巴黎，伽利玛出版社，《七星文丛》，1980 年，第 405 页（马尔特·罗伯特译）——原注。

我们将它放在膝头，与我们形影相随。我们年轻的上司爱我们，而我们呢，我们要竭尽全力配得上他的爱……

当人类的一部分遭到无情的剥削，在奴役或近似于奴役的条件下沮丧时，人类的另一部分，在财富和权力的领域里工作的少数人，却心甘情愿地做工作的奴隶。

吸血鬼（旅馆）

　　跌落的过程中有着奇妙的一瞬间：即飞起的那一刹那。唉！它几乎不可觉察，而灾难紧随其后，叫人来不及跟上自己的希望，来不及舒展身体，眼巴巴地被带走……我们的确被带走了，但是浑身紧张，难过，跟跌落在楼梯脚下的迟钝的躯体一样。正如弗朗西斯·马尔芒德①，伟大的下降试验家说，"在'自由下降'的表达中，成问题的，是'自由'。"

　　星期六晚上。完全由办公室组成的大楼空无一人。定时开关熄灭了。我坐在地上，在黑暗中摸着自己的脚踝。在这虚假的飞翔的瞬间，我明显地感觉到脚扭了。钻心的疼痛辐射开来。医院就在附近，我却花了半个多小时才到。我到处坐下来。起初，我寻找多少比较合适的地方，后来

---

① Francis Marmande（1945—　　），法国作家、音乐家。

就满足于人行道的边缘。我看着我的周围，凝视着天空，发现天已经黑了。我试着分散自己的注意力，不去想疼痛。我身边放着我的公文包。我怨恨地看着它。是它的过错。我摔倒是因为它。我是因为紧紧地抓住我的公文包而不是楼梯栏杆才会俯冲跌倒的。我对公文包充满了憎恨，艰难地罗圈着腿向医院走去。一进医院，我就感到如释重负，这简直就是幸福。我那窄小的带轮子的床有着木筏的华美。我很疼，但是这个地方就是面向病人的。当疼得实在太厉害时，肯定不会缺少治疗，就这样等着，是一种毫不辛苦的状态。"延续下去，"我对自己说，"但愿能延续下去！但愿不要把我扔在对残疾人束手无策的马路上。这里，每个人都——因为比扭伤更严重的东西而——痛苦着，这里是我新的营地。我不想被赶走。"

我没有试着据理力争。我知道扭伤是没什么大碍的，只不过很疼罢了。既然医生替我包扎好了，我就回到了旅馆的房间里。我躺在那张熟悉的床上，但是今天，它让我感觉不到任何惬意。在我的左边，即扭伤的脚踝的那一边，窗户临着河。河边房屋的灯光倒映在深绿色的河水中。我喜欢这风景，我努力像从前一样去感受它的美。事实上，我看到了美，却无动于衷。这是因为我的注意力都集中到了这只搁在枕头上的巨大的脚上。它被包裹在绷带里，控制着我。消炎药开始起作用了。我用同样的观众的目光凝视着石桥，陡坡上亮着灯的窗户，还有这个白色的、又哑又瞎的、不对称的大布娃娃。它面对着我，威胁着我。它

与我身体的其余部分分离，打破了所有的和谐，却钉牢在
我身上。与斯多亚主义者传授的理论相反，它根本不想听
到它与我的彻底分离。我白费力气地对它说："脚踝，疼痛
的是你，而我，这跟我不相干。"被裹在绷带里的它包含的
痛苦，潜伏在那里，最终将爆发出来。我突然产生了一个
怪念头，开始打开绷带，也许是为了将痛苦释放出来，让
它跑掉，让我恢复从前的样子。时间还早，我要出去走走，
要到反射出来的闪烁的灯光里走走。但是事故创造了一条
不可逆转的线路，既绝对又可笑。我被困在了一个用来过
渡的地方。旅馆是盗贼、旅行者的保护神，双脚轻盈的赫
尔墨斯①的一项发明。旅馆是为了那些匆匆而来的人创造
的。他们把包扔到一个角落里，很快出去参观城市。早上，
他们拿起行李，归还钥匙，然后就上了路……所有的旅馆
都叫做"旅行者的旅馆"，除了那些人们再也无法离开的旅
馆。我想起了墨西哥的一家旅馆。我偶然地走了进去，被
内院里的植物吸引住了。在房间的墙壁上，有血的痕迹，
但是我并没有真的在意，很快就睡着了。直到半夜里，我
醒过来时，才吓坏了。我以为在睡梦里听到了幽灵的声音。
我当时想：我在"吸血鬼的旅馆"里。

---

① 赫尔墨斯，希腊神话中商业和盗贼的保护神。

龙　　騰

　　在海滩上没有多少值得记录的事件（不，总是有的，无穷无尽，但是在为自己记录和将其作为插曲的材料之间，差别是很大的）。我童年的时候，在阿卡松海湾，难得有一段插曲，来扰乱这无须看钟点的清静时光，那就是看到某个人突然被龙騰咬——这种像针一样尖而细的鱼，类似水蛇，被它咬中之后会感到难以忍受的痛苦。受害者仪态全无，扭来扭去，抓住自己的脚。有些人会哭，会叫喊。人们聚集起来，安慰他们："只不是一条龙騰而已，很快就没事了。"那个痛苦的人并没有完全被说服，尤其是第一次被咬的时候。而我，我倒是很乐意被龙騰咬。那的确很疼，但稍纵即逝。在波浪边，在湿润海藻里的一次短暂的抽搐。海滩依然令人喜爱。应该接受它的一切。这种疼痛，这种痛苦刺耳的呼唤，并不损害我的爱慕。

佐恩①或愤怒

几年以后，《火星》的作者过了三十岁，与癌症斗争的时候，依然听到母亲每个星期天晚上给朋友们打电话的声音——缺乏活力的礼貌的声音。她不跟他们讲她一天做了什么：她没什么好说的，但是她向每个人重复，她"很清静"，或者说他们很清静，因为她以全家的名义来说话。她恰如其分，毫不过头地庆幸这种星期天的清静。母亲放下电话，环视自己的周围。她的丈夫在用纸牌占卜（总是同一卦），孩子们在院子里。他们非常安静。他们不叫喊。他们不吵架。两个十分乖巧的小男孩。他们与背景很协调：苏黎世湖边的一座漂亮别墅，最富有的家庭都住在那里。这就是幸福的风景。第一眼看上去，哪怕看得久了，什么也不会来拆穿这种印象。这些孩子出生在最好的条件下，

---

① Zorn（1944—1976），瑞士德语作家。

善良的仙女们俯身对着他们的摇篮，他们的父母也来自于
国泰民安的国家，仔细地把财产原封不动地遗留下来，驱
赶阴影，追逐所有可能威胁完美的和谐的东西。这两个孩
子中的一个顺应着，舒适地生活在"金色河岸"的别墅里。
表面上看来，另一个孩子也是，但这不过是表面罢了。

　　事实上，父母的家并不是幸福的家。幸福会牵涉到矛
盾、暴力、失控；然而父母的家是一个"极度和谐"的地
方，虽然没有明确表示，却严格禁止引入任何分歧的因素
和冲突的可能："要是我现在努力回忆我们当时在家里能够
说的话，首先我回想不起什么重要的内容：食物，也许吧；
天气，可能吧；学校，那是自然的；当然，还有文化（哪
怕只是古典文化，那些已经死去的人的文化）。"① 缄口不
谈性，以及受它启发的所有的疯狂：难以解释的任性，毫
无疑义的迷恋，嘲笑高尚趣味的那些趣味。父母的家是无
性的。正确性在这里不会受到任何歪曲。在这里我们只谈
论大家都赞同的东西（可能产生问题的东西被当作过于
"复杂"而遭到清除），永远都没什么事情发生。生活在外
面展开。生活里的人物，即"其他人"，人们在报纸的花边
新闻栏目里读到他们的故事，消遣地看着他们走过平民大
街，并描述他们的怪癖来取乐，他们有点可笑，却很热情。
"其实，只需要说我们珍视生活；知识，融入生活，这一

---

　　① 弗里茨·佐恩，《火星》，阿道夫·穆什格序，吉尔贝特·朗布里克
译自德文，巴黎，伽利玛出版社，1980年，第40页——原注。

点，我们不愿意。我们喜爱别处的生活，但是我们把它当作一场演出去观看。"①

　　在父母家里的"我们"，没有个性，没有特点，汇聚了平庸和固定观念。孩子学习着礼仪，直到完全被同化。他对烦恼毫无感觉，发展出一种没有个性的、被动的智慧。对他来说，做一个好学生，就是延续良好的教育。最后，等到他远远不再是个少年的时候，他还是不会说"不"，对"不"没有任何概念，是完美家庭极为正派的后代。成了大学生后，他依然继续同一化的道路。在他的生活里，就像在他童年时的家里，没什么事情发生。"别人"有朋友，他没有。他孤独，善于进行表面的社交，风趣，表面上显得是一个高贵的享乐主义者，内心其实非常悲伤。有时候，他凭着突如其来又立即消失的直觉，预感到灾难的降临。他能通过慢性的、陈旧的，但是他成功地藏起来深埋在他内心最隐秘的地方的消沉状态，知道自己的精神状态不佳。结果，他与消沉状态的抗争，并保密不让别人看到的努力，都反过来对他不利：他越成功，他的状态就越糟糕："这似乎显得反常，其实不是的：我越好就越糟（……）。我表面上越接近人们所构想的正常年轻男子的形象，我就越找不到理由认为自己不是那样。"② 这就是为什么，当他得知自己得了癌症时，既受到打击，同时又没有真的感到惊讶。

_____

① 弗里茨·佐恩，《火星》，第 65 页——原注。
② 同上，第 130 页——原注。

对他来说，这种病是精神与肉体不可分割的疾病。这让他能够肯定："自从我生病以来，我比以前没生病的时候好多了。"① 他通过癌症，通过让他从他一直生活着的单调、焦虑的灰暗中摆脱出来的不幸的疾病，发现的当然不是快乐，而是对与自己不协调的状态的跨越。他的健康的确很糟，但是至少看得出来。十分鲜明。他不再与那些在工作与家庭之间晕头转向，"根据优良传统，既不幸福，并且感到失望"② 的虚假的幸福者和身体健康者相似。他的失望终于显露出来。难以否认，而且具有毁灭性。他从未幸福过，却假装并不严重。现在，他不再掩饰。不爱，或不被爱，是严重的，甚至是致命的。

"就像从前——现在还是，在剧院里——，人们可以为爱而死，现在也一样，人们显然可以因为相反的情况，也就是说缺乏爱而死。"③因为疾病，弗里茨·佐恩从内在矛盾的不幸中，从对自己的疏远感，从做一个十足正派的人的致命的乏味中解放出来。他与自己的姓相称，或者说选择了自己的姓：佐恩，愤怒。

疾病最初的征兆，是脖子上形成了一个肿瘤。弗里茨·佐恩立即意识到了病的严重，直觉地做出了正确的诊断："从严格的医学角度来看，这个引起诗意般共鸣的诊

---

① 弗里茨·佐恩，《火星》，第29页——原注。
② 同上，第52页——原注。
③ 同上，第177页——原注。

断，显然是不正确的；但是，运用到整个人身上，它道出了一个事实：多年来我一直强忍着的日积月累的所有痛苦，突然间不愿意再抑制在我的内心；过度的压力让它爆发出来，而这种爆发毁掉了身体。"① 诗歌与科学根据截然不同的模式发展。但这并不妨碍它们互相交叉、互相汇合。尤其是涉及到人体这个无法定义的、复杂的、难以预料的元素时。不是人们以为可以简化为数学和化学数据的机体，而是有着故事、具有语言能力的主体。它能够千变万化，能够创造各种奇迹，能够突然变得年轻，也能够惊人地老去。

美国作家威廉·斯蒂隆②，在日趋消沉，越来越深陷入痛苦之中时，注意到风景是那么的单调，没有色彩，一切都无一例外地窒息在"伪装"的光线里。同时，他记录下影响他身体的变化：他行动能力的丧失，他铅一般沉重的疲劳，尤其是嗓音的老化减弱。衰老、忧郁、惊恐的威廉·斯蒂隆面色发青地在巴黎参加一个用来祝贺他的晚宴，对他来说，这刚好总结了一再重复的惨败："我无法垂兴面前的一大盆海鲜，我无法挤出一丝笑容，甚至几乎无法说话。在这种情况下，痛苦残酷的内在性使我根本无法集中

---

① 弗里茨·佐恩，《火星》，第 153 页——原注。
② William Styron（1925—　），美国作家。

注意力，无法说出连贯的句子，只能发出沙哑的低语。"①
在生命的宴会上，紧紧地封闭在痛苦里的、消沉的人，是一
个毫无价值的客人。他不区分精神与肉体的痛苦，这种痛苦
因为他无法理解自己遭遇了什么而变得更加严重。只有在康
复的过程中，威廉·斯蒂隆才开始隐约地看到他不幸的根
源：他把它定位于他十三岁的时候，母亲的死。被掩盖的哀
恸。他认为他最近的崩溃是这无声的痛苦迟来的结果："如
果年轻人受到被称为'流产的哀悼'的现象的影响，没有能
力去净化悲伤，于是年复一年，内心深处总是背着无法宽恕
的、由被压抑的痛苦以及愤怒和内疚组成的包袱，成为潜在
的自我毁灭的种子，那么危险尤其明显。"②

　　哀恸、眼泪，不愿意在沉默中消失。它们期待爱与反
抗的呼喊，期待彻夜不眠，以及所有被召集来的吵吵闹闹
的哭丧妇。

　　流产的哀悼，强忍的眼泪：无法令人得到宽恕。

　　"永远不要让自己被放进棺材，"安托南·阿尔托用失
常的、刺透你鼓膜的声音喊道。弗里茨·佐恩听见得太迟
了。他笔直地走向棺材，他的书《火星》成了一部遗作。
但是他最终干脆地被死神带走，的确，他得了绝症，但是
却彻底地活着。

---

　　①　威廉·斯蒂隆，《面向黑暗》，莫里斯·兰波译，巴黎，伽利玛出版
社，1990年，第34页——原注。
　　②　同上，第120—121页——原注。

结　语

"如果快乐与不快乐，"尼采拷问道，"由某种联系连接在一起呢？比如，'想'尽量得到其中之一的人，'必须'尽量得到另一个，即想学习'高兴得上天'的人，必须同时准备好'悲伤得要死'。"① 重要的是，必须懂得区分无奈的受苦和令我们快乐的受苦。我们在对其实很珍贵的受苦的理由（即"受苦之乐"）的抱怨中，出于自满，而无法进行区分。但是，我们想逃避无法避免的痛苦时，也失去了将直面痛苦的勇气与"快乐的结果"（通向生的唯一入口）联结起来的主要关系。

那是一个晴朗的秋日。我躺在凡尔赛大运河边的草地上。我任由自己被身边的美景侵袭。我只不过是它的镜子，

---

① 尼采，《快乐的科学》，第70—71页——原注。

或者它的回声。淡蓝色的水面纹丝不动。像天空一样光洁、纯净，虚幻飘渺。我同时呼吸着天空和河水，我想到了处处令我陶醉的东西：水与建筑的交融点。这里，运河的几何形边缘；在威尼斯，被水藻覆盖的台阶，深深地沉入水里，让人联想到被淹没的宫殿，木桩一样的森林。但是此时此刻，我什么也不想。我陶醉于空气的温柔。我闭上眼睛，等我再睁开的时候，树叶上的金色小圆点更多了……我喜爱这景色，这个季节。稍后，我走上百级台阶的石梯时，感到无比快乐。石梯顶端，空旷地平线的奇妙，就是它所拥有的无垠。

译后记

　　我对痛苦最早的深刻记忆，是小学四年级的时候，左手的食指，被阶梯教室里那种活动的椅面压得血肉模糊。至今还记得，手指被压的瞬间是一种刺痛，尔后毫无感觉，几秒钟后钻心的疼痛让我的眼泪夺眶而出。泪水是缓解疼痛的良药。但这只是肉体的疼痛，随着伤口的愈合就消失了，成了过去时的一个结果。而随后父亲的离去带来的精神上的痛苦，却一直是一个现在时的动词。

　　法国十八世纪文学的专家、罗兰·巴特的学生——尚塔尔·托马女士的作品 *Souffrir* 就是一个动词，一个需要加上主语的动词。没有人能逃避痛苦，尚塔尔·托马从多角度去剖析这个动词，她谈到绘画，谈到电影，谈到文学，谈到个人生活，每个人都能在她的举例、分析、阐述、思考中看到自己的影子。她的作品，就是放在我们眼前的一面镜子，而"当我们将书本打开一半，书背朝上，它们形成的小小的屋顶"，也是"最安全的藏身之处"。

这是一部很特别的作品，既不是艰深的文论，也不是单纯的随笔，而是读后感、评论、回忆、个人经历片段的紧密结合。尚塔尔·托马自己将之称为"间接自传"。她在书中提到的作家，帮助她加深对事物的理解，给予她的生活更多的厚度。这种"读过的书"与"经历过的事"之间有效的融合与相互促进，以及由此产生的共鸣，展现了阅读的快乐与收益，也展现了作者作为女性特有的敏锐感觉。

处理这样一个奇特的主题，必然要提到富有突出色情幻想创造力而自讨苦吃、百经煎熬而不悔的萨德，希望他爱的女人虐待他、背叛他且越残忍越好的萨克—马索克，也不能不提到坐过苦牢的陀思妥耶夫斯基，有才却屡屡遭弃的斯达尔夫人，为了表现对基督的激情而野蛮地折磨自己的苏素，受情妇喜新厌旧之苦而偏爱于无才女子的卢梭，因母亲的放纵和数度失败的私情而对女人无比憎恨的叔本华，受尽江郎才尽的痛苦折磨的菲兹杰拉德，等等。在这些著名的痛苦之外，还有作者个人的生活经历，如童年图书里描述的故事，父母之间的冷漠关系导致家庭气氛的凝重，毫无进展的阅读，跌伤的疼痛，丧父的痛苦，还涉及到因痛苦而刻意遗忘，以及因阿尔茨海默氏症而遗忘等等问题。

作者分析这些痛苦，并不是为了表现对痛苦的迷恋，也不是为了避开痛苦，而是去寻找缓减痛苦的方法："别人怎样对待痛苦？而我，我又怎样对待痛苦？"她在书中提到

塞缪尔·贝克特在处境糟糕的时候，就唱歌；提到卡夫卡
以假想会有来生的方式生活在世上，就像为了安慰自己没
能去巴黎，对自己说下次争取去一趟；也提到主张"我们
有权利痛苦，但是没权利向痛苦屈服"的犹太姑娘艾蒂·
西勒申。就算痛苦得对着镜子嚎啕大哭，也会有两种结果：
一种是厌倦了看着自己哼哼唧唧，由泪水的味道想起牡蛎，
情愿出去品尝一盆海鲜；一种是怜悯自己，越看着自己哭，
哭得越厉害，就越看重自己的痛苦，它就越显得深不见底。
如何去面对痛苦，这取决于不同的人的个性。

　　威廉·斯蒂隆的例子让我们对痛苦的危险看得更清楚：
年复一年，内心深处总是背着压抑的痛苦、愤怒和内疚组
成的包袱，这种无法消解的悲伤，成为潜在的自我毁灭的
种子。"痛苦是兽性的、野蛮的、平凡的，像空气一样免
费、自然。它是摸不着的，避开所有的接触和所有的斗争；
它存在于时间里，是与时间一样的东西；如果它会惊跳、
会吼叫，只是为了让受苦的人在接下来的时刻，在重新品
味以前的折磨，等待下一个折磨的漫长时刻里变得更加无
助。"因而在痛苦面前的积极态度尤其显得珍贵。

　　今天的痛苦与从前的痛苦是不同的。从前，痛苦被看
作不仅是人性的一部分，也是人类生存的理由，而今天，
痛苦不再有典型的模式，也不再有什么非尘世的意义，所
以我们要独自去承受痛苦。所以"今天，在我们的社会里，
哭是要精打细算的，而且人人为己。哭得勉勉强强。正因
为如此，当我们从电影院的黑暗中走出来，看到旁边的人

眼睛哭红了，知道自己的眼睛也一样时，我们感到羞愧。偷偷地看上一眼，赶紧转过身去。没有人跟你搭话，向你建议：'您愿意跟我一起接着哭吗？'"

周小珊

2006 年 12 月于法国

图书在版编目（ＣＩＰ）数据

被遮蔽的痛苦 / (法)托马(Thomas,C.)著 ；周小珊译. -- 2 版.
-- 上海 ：华东师范大学出版社, 2010.9

ISBN 978-7-5617-8092-3

Ⅰ.①被... Ⅱ.①托... ②周... Ⅲ.①随笔－作品集
－法国－现代 Ⅳ.①I565.65

中国版本图书馆 CIP 数据核字(2010)第 186212 号

华东师范大学出版社六点分社

企划人 倪为国

Souffrir
by Chantal Thomas
Copyright © 2004, Editions Payot & Rivages
Simplified Chinese Translation Copyright © 2007 by East China Normal University Press
ALL RIGHTS RESERVED.
上海市版权局著作权合同登记 图字：09-2006-647 号

被遮蔽的痛苦

(法)尚塔尔·托马 著

周小珊 译

责任编辑　李炳韬
特约编辑　何家炜
封面设计　童僭僭
责任制作　肖梅兰

出版发行　华东师范大学出版社
社　　址　上海市中山北路 3663 号　邮编 200062
网　　址　www.ecnupress.com.cn
电　　话　021-60821666　行政传真　021-62572105
客服电话　021-62865537
门市（邮购）电话 021-62869887　　地址　上海市中山北路 3663 号华东师范大学
校内先锋路口
网　　店　http://ecnup.taobao.com/

印　刷　者　上海市景条印刷有限公司
开　　本　640 x 978　1/16
插　　页　1
印　　张　12.25
字　　数　85 千字
版　　次　2010 年 11 月第 2 版
印　　次　2010 年 11 月第 1 次
书　　号　ISBN 978-7-5617-8092-3/I.716
定　　价　22.80 元

出 版 人　朱杰人

(如发现本版图书有印订质量问题，请寄回本社客服中心或者联系电话 021-62865537)